西巷説百物語〈上〉

にしのこうせつひゃくものがたり

京極夏彦

西巷說百物語

にしのこうせつひゃくものがたり

〈上〉

目錄

桂男

自古相傳
長望桂輪
則桂男相招
命損之也

——繪本百物語・桃山人夜話卷第五／第四十二

【壹】

不可以直瞅著月亮瞧啊，帳屋林藏說。

為何？剛右衛門問。

這一問，抑揚古怪，不似上方腔調（註1），極不自然，搞得剛右衛門總有些忸怩起來。

自從定居上方，今年也到了第二十五個年頭了，上方腔早已滲透骨子裡。即使不必刻意去說，亦自然會脫口而出。自言自語的時候，說的也都是上方腔調。然而一旦去意識，聽起來就假了，像是模仿。剛右衛門不喜如此。

月亮有什麼不能看的？他重問了一次。

為了掩飾害臊，故意偏江戶腔一點兒說，卻反而變得像上方人強說江戶話似的，聽了著實彆扭。

「據說會被取走呢。」林藏說。

「取走？取走什麼？」

「這個嘛，取走什麼呢？」

註1：上方，指京都大阪及周邊一帶。

林藏困窘地笑了笑。

林藏是個好男人。

不是指他的外表。當然，林藏外貌清新不俗，五官也十分齊整。細長飛揚的眼梢散發高貴之氣，鼻梁亦筆直高挺，有著男人罕見的艷紅薄唇，與白皙的臉龐莫名地相得益彰。風聞有不少女人向他示好，這位美男子卻對女人相敬如冰。並非窮困潦倒，又是個翩翩美丈夫，卻不近女色；潔身自愛，卻又沒有家室，也沒有要討老婆的樣子。因此也有人背地裡貧嘴賤舌，說他可能是個「相公」，但這就叫做眼紅。

當然，剛右衛門並無斷袖之癖。

剛右衛門欣賞的是林藏的為人。不，坦白說了吧，他欣賞的是林藏的生意手腕。

林藏在天王寺經營「帳屋」。

帳屋賣的是紙、帳本及文房四寶等文具，一般會在店頭插束小竹子以為印記。但林藏的店頭，竹稍上卻是繫著榕葉（註2）。店面看板上寫的是「帳屋林藏」，但街坊似乎都管他叫榕屋。

起初，剛右衛門只是向他採購帳本。

有人告訴他，榕屋的大福帳（註3）特別吉利。

是誰說的去了？更重要的是，兩人是因為什麼樣的機緣，才變得如此親熟？

看，月亮上不是有陰影嗎？林藏接著說道。

「那其實是個男人。」
「男人？不是兔子嗎？」
「兔子？」
兔子搗年糕（註4）的故事嗎？林藏說著，步至剛右衛門身旁，雙手搭在欄杆上。
此處是剛右衛門後宅上頭營造的觀景台，是此地最高的地方，視野最是遼闊。不過視野再怎麼好，終歸是在大街上，沒法到美不勝收。就如同站在火警瞭望台，放眼四方，極目所見，映入眼簾的也全是街景。但無疑仍舊比地面更接近天上，用來觀星賞月正好，故不知不覺間，給它起了個「向月台」之名。
與慈照寺（註5）庭院的向月台並無關聯。
看起來不像兔子，林藏說。
「兔子拿著杵嗎？」
「不是都這麼傳說的嗎？不過我也看不出哪兒是頭、哪兒是杵，只不過這麼聽說，再來看看，也像是有長長的耳朵。月兔搗年糕，是小時候聽說的。」

註2：榣葉即日本莽草，形似八角，有劇毒，用於製香供佛。
註3：大福帳是日本江戶、明治時代的商家使用的帳簿名稱。
註4：在日本民間傳說中，月亮上有兔子在搗年糕。
註5：慈照寺即銀閣寺，向月台為該寺知名沙礫造景。

「我聽說是青蛙呢。說那是蟾蜍在上頭跳——嗳，都是比喻吧。」
「就是啊。」
那種地方不可能有那種東西，剛右衛門說，林藏便笑：聽東家這口氣，說得好像知道月亮是怎樣的地方似的。
「那種地方，是怎樣的地方？」
「怎樣的地方呢？那是個球吧？」
「唔，不管從哪個角度看去，都是圓的，應該就是個球吧。」
「不過月亮這玩意兒，細細端詳，著實奇妙。譬如說那些陰影，那是怎麼一回事呢？再說，月亮究竟離這地面有多遠？」
「很遠嗎？」
唯一知道的是，它真的很遠，林藏說著，轉向剛右衛門。
「東家，不就勸您別盯得那麼緊了嗎？就算是迷信，也是來自唐土的傳說，萬不能等閒視之。」
「這樣啊。」
剛右衛門把目光從太陰轉開。
因為望著望著，好似要被它給攝去魂魄般。不知是眼花，亦或光影朦朧之故，月輪看起來似在蠕動。

錯覺吧。

林兄，那是懸掛在半空中吧？剛右衛門問了個童蒙似的問題。

是啊，林藏答。

「掛在好遠好遠的地方。我說，它從大坂（註6）這兒看去是這個樣，從唐土和韃靼看去還是這個樣，想來必定位在極遙遠之處。應該比江戶和大坂的距離更遠。不，比長崎和蝦夷（註7）的距離還要遠。即便是鷹還是鳶，亦飛不到月亮。就算拿大砲轟它，也打不著。」

「當然打不著了。」

剛右衛門大笑。

「就連吹牛，也沒聽說有人轟下月亮的。別說把它轟下來了，這要是砲彈搆得著，它起碼也要開上一兩個洞才對。」

就是這話，林藏答道。

「那麼遠，那麼大，東家，那大小非比尋常啊。在那樣巨大的月亮上，那陰影又顯得如此龐大，那要是兔子還是蟾蜍，其體型難以想像。一定是能壓垮這整個藩國的可怕大妖兔。」

是啊，剛右衛門應著，再次仰天望月。

註6：大阪古名「大坂」，於一八七一年改為「大阪」。

註7：明治時期以前，蝦夷一般指北海道地方，為蝦夷人（即北海道原住民阿伊努人）居住之處。

當然，他從來不曾認真以為上頭有兔子。他從未嚴肅思考過這類問題。看起來不像兔子。就是塊斑漬。

即便當成蟾蜍，也看不出個所以然。

「那些斑紋——是些什麼呢？」

「依我看，應是山影、深谷之類吧。是球體表面上的凹凸。」

應該是吧。

不過。

「你剛才說是個男人。」

「是啊。不過，至於那陰影是男人，還是月亮上頭有個男人，就不甚清楚了。東家啊，我聽說月亮上頭生著桂樹呢。」

「桂樹？你說那個桂樹？」

「沒錯，就是那個桂樹。月桂樹。似乎極其巨大，高達五百丈以上。」

剛右衛門無法想像五百丈的樹有多高。

「可是——」

總比五百丈的兔子更有那麼一回事吧？林藏說。

確實如此。樹木異於禽獸，除非枯死，可以成長得無限高大。神社神域裡的神木皆高聳參天；深山幽谷之中，應該也有更嵬峨的樹木。

「甚至傳說這桂樹的桂子會掉落地上。雖不知是真是假，總之，桂男就是負責修剪這桂樹的。」

「桂——男？」

「據說這桂男原本是唐土的人，修習仙術。不過這仙術怎麼說，在唐土是禁止修煉的。」

「仙術不能修煉嗎？」

「是啊，似乎不能任意為之。」

「不過世上還是有仙人吧？像久米仙人（註8）就會使仙術。唔，先不論有沒有那種荒唐的東西，唐土、天竺不是仙術的發源地嗎？」

「是啊，那傢伙八成是閉門私下修煉吧。總之，他被流放月亮，受罰砍伐桂樹。」

這故事可真古怪，剛右衛門說著，在鋪了氈毯的長板凳坐下。

「也不是古怪，倒不如說累煞人了。那可是五百丈的大樹呢，就算叫來幾百個園丁，也修剪不完。」

「所以才叫個會法術的上去啊。我倒覺得是很恰當的人選。這個桂男呢，要是有人——對，就像剛才的東家那樣，直瞅著月亮瞧，他就會發現，然後朝這兒招手，要人過去。」

「招手——？」

註8：久米仙人為日本傳說中的仙人，久米寺的開山祖師。

「沒錯。招手。那陰影會招手要人過去。」

這怎麼可能？剛右衛門說。

不，慢著。

方才——

陰影看起來在蠕動。那就是在招手嗎？

「被招去的話——」

會怎麼樣？剛右衛門問。

「會死。」

「會死？所以你剛才說會被取走，是被取走性命嗎？嗄，這太可怕了。不過——我可沒聽說過看月亮就會死的。」

「因為不是立時斃命。」

「那是怎麼個死法？」

「月亮呢，算起來是那邊的東西。相對於此岸，是彼岸。月亮與太陽不同，對生物來說，不是什麼好東西。月亮是死物，就好比黃泉陰世。被那種地方召喚，那當然——要折壽的。」

「折壽——」

大概是，林藏說。

「壽命會被取走。餘命十年剩八年、五年剩兩年，像這樣逐漸減少。嗳，這桂男也只是個故

事，不是某種譬喻，就是騙小孩的瞎扯淡，不過這折壽之事，可是千真萬確。」

「一直看月亮，就會早死？」

「否則古人何必編出這麼個荒誕無稽的故事來？理由我不清楚，不過自古以來，月亮的盈虧確實與塵世間的種種現象密不可分。觀月就比觀日要來得重要許多。我想，月亮應該具有某種靈力，會吸取人的生氣。所以囉，東家，月亮呢，就只有八月十五中秋夜——賞月之日可以觀看。」

「賞月的時候就可以嗎？」

「重陽時節（註9）也不錯。」林藏答道。

「所以才特別叫做賞月啊。得準備糯米糰子，佈置芒草，鄭重其事地賞月。」

「原來如此。」

要是東家折壽，小弟可就為難了，林藏蹙眉說。

「怎麼會？」

「怎麼不會？」

「或許是會有些困擾——不過你的話，總能度過難關吧。你還這麼年輕，更重要的是有經商才幹。況且，你的本行不是帳屋嗎？現在雖然像這樣請你給我指點生意，但你也不是靠這行吃飯

註9：日本傳統習俗中，重要的賞月活動有兩次，除了八月十五中秋節以外，還有九月十三日。

的吧？即便我在哪裡栽了觔斗，你應該也無甚損失——」

東家怎麼這麼說呢？林藏說，一臉哀傷。

「我呢，是為東家的人品傾倒，才會像這樣略盡棉薄之力。」

「什麼人品？」

「杵乃字屋剛右衛門，人如其名，剛毅果決，真豪傑也。」

這麼抬舉我？剛右衛門說，林藏應道：這可是肺腑之言。

「小弟不才，卻像這樣略盡綿力，也是因為欽佩東家。這可不是出於算計。要是為了錢，小的早就巴結東家，當個倒插門的女婿了。」

「說的也是。不過林兄，不是我自誇，我也是白手起家，一手打下今天這番家業的——就像你說的，爬上了巔峰。」

「是的，也有人將東家比喻為太閤（註10）。」

「不——所以說，我已經到了頂了。眼下應該是最好的景況了，不可能更好了。一旦到頂，就只等著走下坡了。」

「您說這是什麼喪氣話？東家，杵乃字屋方興未艾啊。您這家店——」

前景可期，林藏說。

「噯，我清楚林兄你的本事。既然你都這麼說了，應該就是吧。不過我在想，該是隱居納福的時候了。該做的事都做了，也沒有任何缺憾。我很幸福，了無遺憾。下半輩子的餘生，我要逍遙自在地活個痛快。」

林藏——面露苦笑。

「瞧東家，這麼清心寡欲。」

「我確實沒什麼欲望。如今我還有什麼好奢求的？錢我多的是，房子你看看，氣派到我匹配不上。倉庫也有六座，家人親友健康平安，幸而也未與人結怨，生意亦興隆得很，我自己也還身強力壯。我啊，太幸福了。」

「幸福——是啊，真教人想沾沾東家的福氣。」

「就是啊。林兄，我啊，心滿意足啦。」

「心滿意足嗎？」

無庸置疑，心滿意足。

「這時候歇手是最好的。不管是做人還是做生意，最重要的是急流勇退，見好就收，林兄，這不是你教給我的道理嗎？月滿則虧，此為天道至理。既然如此，想要在虧損之前收手，亦為人之常情。我想結束在最完滿的時候。」

不想再勞心傷神了，剛右衛門說。

註10：太閤指戰國時代的武將豐臣秀吉一五三六～一五九八。秀吉為步兵出身，侍奉織田信長，獲得重用，於信長死後統一天下，成為太政大臣即太閤，為家喻戶曉之勵志人物。

「把一切都託付出去，閒適地度過餘生，就算是我福澤完滿。」
「那店裡怎麼辦？」
「沒什麼好擔心的。喏，之前你不也提過？咱們的大掌櫃是個能幹人。」
「是的。東家底下的人，個個都是幹才。我真心這麼認為。從大掌櫃到最底下的小廝，每一個都實心任事、景仰東家。這樣好的店，我再沒見過第二家了。」
沒錯，這是事實。
剛右衛門打從心底認為，老天爺實在太眷顧他了。
「不管誰來繼承，店裡都不必操心。現在也差不多都是夥計在操持。他們個個都很勤奮。」
我只要顧著他們，也就夠了，剛右衛門說，結果林藏順著說：
「正因為如此，東家更要長命百歲。這家店，全靠東家這顆扇子釘。隱居和歸西，可是完全不同的兩回事。倘或東家這時候有個什麼三長兩短，那該如何是好？杵乃字屋非支離破碎不可，從夥計到顧客，每一個都要流落街頭。我也要大為困窘。就是小姐——」
「是啊——」
阿峰。
女兒的臉浮現腦海。
「阿峰小姐也會傷心流淚。在看到阿峰小姐出嫁——不，抱到孫子以前，東家可得千萬珍重——」

對了，就是這事。

剛右衛門特意把林藏請來向月台，不是為了一道賞月，也非為了像這樣話家常。

「我的事就甭提了，倒是林兄，你去看得如何？就是——尾張城島屋那邊。」

是女兒的婚事。

據說在尾張，城島屋也是首屈一指的大船問屋（註11）。

該戶人家的二少爺，對剛右衛門的獨生女阿峰一見鍾情。

是在何處相識、有何看法，剛右衛門不得而知。當然，他也不清楚城島屋的二少爺是怎樣一名人物？但對方捎了一封信給剛右衛門，自剖心意，看來不是個紈絝子弟。

雖然也得親自見過才算數，但這不是件壞事。

書信裡看不出不良居心。不管如何細細端詳、深深考究，字裡行間瞧得出來的，只有耿直的人品。寫這封信的應該是個老實人。更重要的是，對方是大商家。此事倘若不假，著實是一樁良緣。

不過。

剛右衛門就只有阿峰一個孩子，不能把她嫁到城島屋去。必須找個入贅女婿，繼承杵乃字屋

註11：船問屋，江戶時期盛行的船運業。不一定擁有自己的船隻，與船東簽約或雇船，主要為人運送貨物，或代客調貨。上方與江戶間的海運路線特別繁盛。

的字號。最重要的是——他不願意放掉掌上明珠，任她出嫁。

尾張並不算遠。

雖不算遠，對剛右衛門來說，卻是迢迢千里。

倘使對方想要說成這門親事，就只能入贅過來。

但對方家裡是怎麼個情況，也全不清楚。

不管本人有多認真，父母的意思、店裡的情況，還是另當別論。信中說他並非嫡長子，但家大業大，不可能簡簡單單讓兒子去給人入贅。

這固然是好事一樁，但剛右衛門不想為此起紛爭。

因此——

他請恰好要去尾張辦事的林藏充個使者，順便打探一下情況。

對方不勝惶恐，林藏說。

「恭恭敬敬向我賠禮，說兒子不懂事亂來。老闆滿頭大汗，罵兒子簡直魯莽到家，居然一封信就想討到別人家的寶貝千金。」

「對方的父母不知情？」

沒這回事，林藏接著說。

「好像是知道的，不過——似乎以為東家您很生氣。」

「我很生氣？」

「是的。對方似乎在煩惱該如何賠罪、怎麼盡禮數。他們以為我是特地從大坂找上門去興師問罪的。」

我看起來就那麼凶神惡煞嗎？林藏笑道。

「興師問罪——遇上這種事，一般應該要動怒嗎？」

「或許動怒也不為過吧。」

是這樣嗎？

「東家是因為事事順遂，才能心平氣和。」

俗話說，和氣生財嘛，林藏打趣說。

「倒是對方哈腰鞠躬，惶恐萬狀。這也難怪，因為城島屋的大老闆想要成全兒子的心意。」

「所以——」

父親也有這個意思？

「豈止是有意思，人家巴望不得呢。畢竟為人父母，總是疼孩子的。那個二少爺似乎也是個老實人，再說，如果和杵乃字屋結成親家，對他們來說也是再好不過的事。就生意上來講，這等於是做成了一筆大買賣。」

是——這樣嗎？

「大買賣啊。」

既然林藏這麼說，應該錯不了。不，就算外行人來看，也知道這件事不管怎麼想，都是樁良緣。

「對方說，想要盡快找一天，親自來拜會東家，不過——」

「不過什麼？」

林藏別有深意地沉默片刻。

「你——反對這事嗎？」

林藏撇開頭去。

倒也不是反對，他說。

「怎麼聽起來話中有話？」

是有什麼內情嗎？剛右衛門問，林藏應道：哪有什麼內情？

「小弟站在指點生意的立場，沒有不贊成的理。這麼好的機會，沒有哪個傻瓜會平白放過。只不過——」

這乃是家務事，是不？林藏說。

「家務事？什麼意思？」

「難道不是嗎？這原來就不是椿買賣，而是婚事。要招贅的不是杵乃字屋，而是阿峰小姐。這可是令千金阿峰小姐的終身大事啊，東家。錢的事，什麼問題都儘管找我，畢竟我也是拿錢辦事。獲利虧本、收入花用，這些事情都歸我管，但我能管的也就這些了。說親作媒，不是我的本分，至於東家的家務事，更不是我該插口的。這不是我能多事的。」

「說的——也是。不過林兄，那我以朋友的身分問你一句，你覺得這——」

「不，東家，這我實在——不便置喙。」林藏說。

「你說得倒斬釘截鐵。」

是的，林藏答道。

「重要的還是阿峰小姐的意思，還有店裡上下的意思。無論再怎麼有賺頭，撇開這些，也甭想談成吧？」

瞧我，說得多自以為是，林藏惶恐地說。

「總之，我全看東家的意思。只要東家吩咐下來——」

說媒一事，隨時包在我身上。

「請東家細細琢磨——」

林藏說完，

深深一禮。

【貳】

剛右衛門尋思著。

當然，是在尋思這門親事該不該結？

儘管根本犯不著猶豫。

為何猶豫？為何下不了決定？

從來沒有這樣的情形。剛右衛門的長處，向來就是當機立斷。

環顧房間。

寬闊極了。翠綠的榻榻米。藺草香。

欄間（註12）鏤空雕刻著積雲配弦月。

紙門上彩繪著松與鶴。

他把身子打斜。

手肘枕在扶手上，身下是訂製的上好座墊，口中叼的是蔓草花紋精雕銀煙管。

沒得挑剔。

不——應當要感激。二十五年前，一貧如洗地流落到大坂時，他作夢也想不到能有今天。所以剛右衛門對現況心存感恩。

當時——

他覺得只要有個遮風蔽雨之處，一天有三頓飯可吃，那就足夠了。

因此現在——剛右衛門心滿意足。

——是這個緣故嗎？

剛右衛門想著。

心滿意足，所以一無所求。一無所求，也甭做生意了。一旦覺得夠了，那也就完了。人要爬上梯子，就得望著上頭。武將不想打天下，何需四處征戰？

——因為不想牟利，

所以即使遇上大賺一筆的機會，也無動於衷嗎？

是老不中用了。

果然，或許隱居才是上策，剛右衛門想。這要是大掌櫃儀助，做起生意可沒這麼溫吞手軟，會在這種節骨眼上猶豫。

——不，等等。

若是招了城島屋的二少爺入贅——家業就得交給他繼承。

看來，剛右衛門完全遺漏了這一點。

他朝菸草盆伸出手去，準備抽上一根，這時紙門外傳來喚聲：老爺。

是儀助。

進來，剛右衛門應聲，紙門隨即滑開，儀助跪坐在外，行了個禮。

你來得正好，我有事要找你商量，剛右衛門說。

「有事——要跟小的商量？」

註12：欄間為日式建築中，天花板與紙門之間用來採光、透氣的格狀或鏤空雕刻部分。

「對，進來吧。你才是，正經八百的，是怎麼啦？有事的話，你先說吧。」
「是。」
儀助畢恭畢敬，挪膝進到房間裡來。態度異於平時。
「怎麼啦？出了什麼事？」剛右衛門問。
「老爺，小的斗膽，想說句不中聽的話。」
「不中聽的話？你是要訓我嗎？」
「小的不敢。呃，因為這事實在教人擔憂，小的明知僭越——還是想問明白老爺的心思。」
是關於林藏先生的事，儀助說。
「林兄怎麼了？」
「是。老爺對林藏先生——」
「我當然相信他了。你也是吧？還是怎麼著？儀助，林兄有什麼可疑之處嗎？」
是推心置腹吧？儀助悄聲問。
儀助俯下頭去。
「這是怎麼啦？咱們店裡多虧了他，有了多大的改善，你應該比誰都要清楚吧？」
林藏先生確實對店裡助益極大，儀助答道。
「小的跟隨老爺十年，在賣買方面自以為小有心得，沒想到道行還差得太遠。小的從林藏先生那裡學到許多，真所謂茅塞頓開——」

說的沒錯。

當初怎麼會拜託林藏指點經商，經緯已經忘了。

怎麼也想不起來。兩人不知不覺間變得熟稔，注意到時，剛右衛門無事不與他商量，自然而然亦開始求教於他。

話雖如此，當時也並非生意不順。杵乃字屋向來生意興隆，左右逢源，不曾有過衰微之象。

不過，到底是怎麼會？

這樣下去好嗎？——剛右衛門不小心動了這樣的念頭。

林藏的提點總是一針見血。

他窮纖入微地反覆查看帳本，釐清所有的用項金額，再三核算，仔細確認實際金錢進出，藉此消弭用途不明的開銷，能夠節省的就徹底撙節。這一點由上到下，雷厲風行。

光是如此，儘管營收不變，實際收入卻增加了兩成以上。

剛右衛門長年以來，總為了如何增加收益而絞盡腦汁，因此刪減用度這樣的觀點，令他感到新奇。

「怎麼，難道——你為了林兄整頓帳房，說了你幾句，懷恨在心，記恨起他來了？」

決沒有的事，儀助當下回答。

「請林藏先生看帳之前，我覺得這樣就夠好了，沒想到卻是大錯特錯。小的太漫不經心了。我刻骨銘心地學到教訓了。」

「不是你漫不經心，我也覺得那樣就夠好了。這不是你決定的事，你只是依著我的話去做，沒必要自責。」

「是。」

「更不能為此懷恨——」

「不是的。小的絕沒有那樣的念頭，反而是由衷感謝。」

儀助雙手扶在榻榻米上說。

「不只是小的，下人全都很感謝林藏先生。」

這是當然。

因為林藏提議，把撙節得到的多餘利潤拿來慰勞下人。

反正是若置之不理，根本就不會有的銀錢——

林藏對剛右衛門說，只要當成從一開始就沒有這筆錢，也不覺得損失。

剛右衛門不知道林藏有何打算，但還是依著他說的，將多餘的利潤分配給下人。

效果驚人。

士氣頓時大振。

並且——

「那是怎樣？前陣子走了一堆人，所以你不開心了？這麼說來，當時你反對得很厲害。難道是要舊事重提——？」

林藏建議剛右衛門，仔細觀察下人如何處理這筆意外之財。

大部分的人領了津貼，幹勁大增，愈發賣力工作。

不過——仔細一瞧，確實也有些不檢點的傢伙。

剛右衛門指示儀助，除了逼不得已需要用錢的人以外，留意那些立刻把錢花光的人有何表現。也就是沉迷賭色、把津貼當成飛來橫財，不知珍惜的人。

不出所料——

這樣的人做起事來粗心懶散，素行亦頗不佳。

觀察了三個月，剛右衛門警告那些好吃懶做之人。

林藏說，即使如此仍不改過自新的，就打發出去。

剛右衛門聽從他的意見，總共遣散了二十六人。

那件事如今想想，林藏先生做得很對，儀助說。

「當時我動了不必要的惻隱之心，多嘴干涉——但那些人被打發出去，也是沒法子的事。是他們咎由自取。由於裡頭也有些人做了很久，小的本來也希望能有個穩妥的解決之道，不過坦白說，我想那些人是改不了的。」

「不過，當時你不是希望有辭退以外的做法嗎？還說人少了，做起事來不方便。」

「小的以為一下子打發那麼多人，會嚇壞下人。沒想到竟然相反，留下來的非但不怕，反倒是鬆了一口氣。以結果來說，等於是去蕪存菁了。有些人因此升遷遞補，換了崗位，得以適才適所，辦起事來確實更順手了。雖然人是少了，但領到的工資也更多了，每個下人都更加抖擻精神，也無人埋怨人手不足。」

「就是吧。」

只是去除累贅。

「是把惡膿給擠掉了。放置不管，會從化膿的地方開始腐爛。所以你可沒道理為此抱怨。」

儀助再次把手扶在榻榻米上行禮：

「對此——小的毫無怨尤。」

「那到底是什麼事？後來林兄介紹的買賣，每一樁都賺了不少。他是咱們杵乃字屋的福神、財神，怎可能有任何可疑之處？你到底有什麼不滿？我付給他的脩金，每個月寥寥無幾，比起你的工資，可要便宜太多了。」

小的明白，儀助低著頭答道。

剛右衛門有些不耐煩起來：

「沒錯，人家也是做生意的，仲介的時候，或許也從對方那裡拿了一些好處。不過那是人家的本事，咱們也沒虧到什麼。跟他打交道，就算有好處，也談不上壞處。你在懷疑他什麼？」

「是。」

「別是了，儀助，難道是因為我重用林藏兄——你覺得自己受冷落了？要是你這樣想，那可是錯得離譜。」

男人的嫉妒，連洒落本（註13）都不屑拿來當題材——剛右衛門疾言厲色地說道。

「你說說，是這樣嗎？」

「不是的，沒有的事。」

「那是怎樣？別在那裡吞吞吐吐，痛快地說出來吧。難道你要說的話真的那麼不中聽，會讓我暴跳如雷嗎？」

林藏先生是個聰明人，儀助開口說道。

「在經商方面又很有一手，小的只有受教的份。就像老爺說的，對店裡來說，他或許是個福神。只是——」

「只是什麼？」

「他對老爺——」

究竟作何想法？儀助自言自語似地說。

「作何想法？」

先前——林藏是說欽佩他的人品嗎？

實情如何姑且不論，總之這不是該拿來自己吹噓的事，因此剛右衛門不語。

不是道理上如何，而是感受的問題，儀助接著說。

註13：洒落本是江戶後期流行的小說形式，主要取材花街柳巷，描寫青樓情色。

「小的這些下人，皆打從心底仰慕老爺、依賴老爺。此話絕對不假。不過——」
「難不成你是要說——林兄其實厭惡我？」
「不、不是這樣的。只是，林藏先生跟咱們下人不一樣。對咱們來說，老爺是主子，不可或缺，無可取代。老爺說起來就像杵乃字屋的扇子釘，可是——」
林藏也說過同樣的譬喻。
「可是對林藏先生來說，卻非如此。對他而言，老爺只是眾多客人裡頭的一個。」
「這——沒辦法的事啊。」
——原來如此。
一切就如同林藏所言——剛右衛門想。
儀助這番苦勸，全是出於對剛右衛門的一片赤誠、尊敬。區區一介帳屋，居然與尊貴的主人平起平坐，這樣的狀況令儀助難以忍受——是這麼回事嗎？
「噯，你這樣敬重我、擔心我，這番心意我很感動。」
剛右衛門說，儀助聞言蹙起眉頭，露出難以形容的古怪表情。
「不過儀助，這也是你誤會了。我呢，雖然現在像這樣擺出一副主人派頭，但原本只是個外地來的流浪漢，沒什麼了不起的。就跟你們一樣。林兄也是一樣的。」
不是這樣的，儀助說。
「不，老爺說的話，字字正確，一點不錯。只是小的總覺得——」

老爺是被利用了，儀助總算說出結論。

「利用？你說林兄利用我？」

「是的。他是個聰明人，也幫了店裡許多。但是他和咱們下人不同，沒理由為老爺盡忠盡義啊。再怎麼說，他都是那樣一個足智多謀的人，所以——」

「他騙了我，又能如何？」

「也不是騙，該怎麼說才好，就是——」

「儀助，你適可而止一點。你聽著，昨晚林兄才大大稱讚了你一番，說從來沒看過像你這麼能幹的掌櫃。我自個兒也是這麼想，所以附和他，說有你是我的福氣。不想今兒就怎麼了？你居然誣指稱讚你的林兄心懷不軌？」

「呃——」

儀助揩去額頭的汗水。

接著他抬起頭來，含糊不清地說：

「城島屋一事——老爺有何看法？」

「對了。」

剛右衛門正在想這件事。

「我說要找你商量的，正是這事。儀助，你怎麼看？我——」

不能說是在猶豫。

「是信任你，才這樣問你。」
「小的——反對這件事。」
「你反對？」
儀助回答得不假思索，這令剛右衛門有些意外。
「為什麼？這不是把生意做大的好機會嗎？理由是什麼？」
「事業或許是可以更上一層樓，不過老爺，這可是要讓城島屋的二少爺入贅進來呢。這樣一來，老爺的店不就形同被侵吞了嗎？」
「侵吞？」
「林藏先生什麼都沒有告訴老爺嗎？」
「告訴我什麼？」
「傳聞。尾張的城島屋——手段極辣，不擇手段侵吞競爭對手的店，甚至毀掉對手，靠這樣來擴大生意。」
「我從來沒聽說過。」
林藏什麼也沒說。
別人也就罷了，林藏不可能遺漏如此重大的消息。既然如此——一定是其中有誤，或是有人故意傳出的中傷。
「這是惡質的流言。倘若是事實，林兄不可能不知情。」

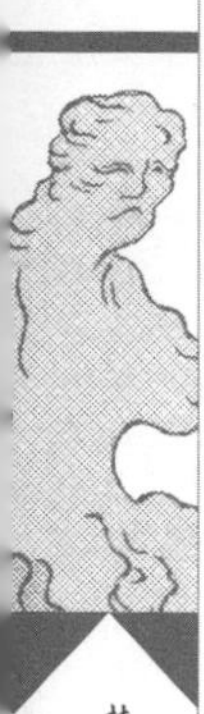

「就是這話。」儀助說。

「就是這話？」

「林藏先生不可能不知情。他消息那樣靈通，如此重要的事，不可能一無所悉，小的說的不對嗎？」

「那也要傳聞屬實。所以我才說那是子虛烏有。」

「老爺能確定是子虛烏有嗎？」

「只是流言蜚語吧？我說，儀助，咱們店也並非全無壞風評。杵乃字屋並沒做什麼缺德事，不過只要生意好，就有人要說嘴。即便咱們正正當當做生意，還是免不了有人會失掉好處。畢竟買賣就是競爭，競爭就免不了嫉妒眼紅。有點壞名聲，才算是個大商人啊。哪能為此耿耿於懷？」

「請等等，老爺。或許那真是子虛烏有，卻也可能是無風不起浪。不過有這樣的流言，卻是不爭的事實。既然如此，林藏先生沒道理不曾耳聞。他都聽說了，卻不告訴老爺，這小的無法接受。要是有什麼壞風聲，而那是子虛烏有，不是更應該解釋清楚嗎？畢竟難保會從他人口中傳進老爺耳裡啊。」

這樣啊——不。

「也許他不想讓我操多餘的心。」

有可能是刻意不說。

「若是全無根據的流言，待我聽到的時候，說聲不是就結了。這——」

——不對。

看林藏昨晚的樣子，他對與城島屋的親事顯得不太起勁。

那是。

「儀助，這傳聞你是聽誰說的？」

「最初是獻殘屋的柳次那裡。」

「獻殘屋？」

所謂獻殘屋，做的是承銷大名（註14）家變賣的貢品的生意。

記得柳次是字號六道屋的獻殘屋，不久前曾上門推銷缽碗、繪盤等物。東西不錯，所以買了下來，此後似乎仍繼續上門。

「他不是江戶人嗎？賣舊貨的怎麼會知道這種事？」

「柳次不是一般的獻殘屋，他遊歷四方，來到大坂之前，曾待過尾張。」

——那種。

「那種人的瘋言瘋語，你也當真？」

「小、小的並沒有就這樣聽信，而是打聽過的。雖然比不上林藏先生，但林藏先生訓示過，愈是重要的節骨眼，愈應慎重。」

流言確實是有的——儀助說，抬頭看剛右衛門。

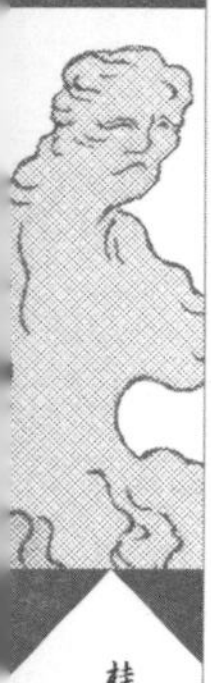

「傳聞說，城島屋侵吞了三家店，毀了三家店。當然，小的沒法實地去到尾張求證，完全是聽人說的，是傳聞。小的也並非全盤盡信。只是，這事連在大坂都能聽到了，去過尾張的林藏先生，沒道理不曾聽說。所以小的以為老爺也知道這事，而一併斟酌考慮。」

「不管知不知道，都是同樣一回事。」

「但是老爺，明知道卻隱瞞，小的——覺得這絕對是別有居心。萬一城島屋付給林藏先生比咱們更多的酬勞，這可怎麼辦？林藏先生是做買賣的，即便不是壞人，也是個生意人。假使林藏先生決定幫著對方使奸計，咱們不可能有勝算。」

店會被搶走的，儀助說。

敢搶老子的店——？

「好啊，儘管放馬過來。」

即便真是如此。

「他有膽子搶，我就有辦法連本帶利搶回來——你就沒這種骨氣嗎？」

「不。」儀助再次當下回答。「小的——要不來這樣的手段。老爺也是吧？這杵乃字屋——」

就會說喪氣話！剛右衛門厲聲罵道。

註14：大名指江戶時代，將軍的直屬家臣，俸祿土地一萬石以上的武士。

「林兄不說，定有他不說的道理。只不過耳聞一點風言裡語，就這麼畏畏縮縮的，像什麼話？我又不是在叫你做黑心生意，而是說沒那氣勢，就等著敗在別人手裡。儀助，我對你真是看走眼了。」

是——儀助應了一聲，整個身子平伏在地上。

「本來我還打算把這家店交給你。你手腳勤快，眼光也不錯，繼承我的事業，是恰如其分。林兄也打包票推薦你。結果呢？只不過聽說要從外頭招贅，你就擺出這副德行，甚至懷疑起林兄來。如果不想要這家店落入別人手中，你也得拿出點本事來。」

「也就是，老爺打算答應這門親事？」

——不。

剛右衛門還在猶豫。

林藏也未熱心勸說。

然而。

「當——」

當然了！剛右衛門卻這麼回答了。

「這麼美的事，打著燈籠都沒處找。要是那荒唐的傳聞只是謠言——這可是千載難逢的好機會。即便傳聞是真，只要別敗給對手就是了。贏了他就是了。」

「老爺——我第一次看到老爺這樣。」儀助說。

「你說我怎麼著？」

沒什麼，儀助咬住下唇。

「你不服氣嗎？」

「是——不，可是老爺——」

「又怎麼了？你還沒說夠？」

「小姐——」

老爺問過阿峰小姐的意思了嗎？儀助問。

「阿峰的意思？」

「阿峰小姐怎麼說？」

「還沒——」

剛右衛門什麼都還沒說。

他才剛下決定。

我還沒告訴她，剛右衛門答道。

「要是生意上沒好處，不管阿峰怎麼想，根本就沒得談。得先確定這一點，否則說了也是白說。這麼好的親事，再也沒處找了。你說要問阿峰的意思，但是對個素昧平生的男人，阿峰能有什麼意思？」

「老爺，老爺說的話，確實言之成理。做生意——就像打仗。對方張口咬來，咱們就反咬回去。這樣的鬥志，小的也是有的。可是——」
首當其衝的，卻是阿峰小姐啊，儀助說。
「什麼？」
「對方提的，不是要跟咱們做買賣，而是要跟阿峰小姐攀結親事。縱有買賣，也是結親之後的事——不是嗎？請先問問阿峰小姐的意思吧。」
居然敢這樣跟我頂嘴？
不過。
林藏也說了一樣的話。
「這就是同一回事——哪有什麼先後可言？」
「可是老爺——」
「囉唆！阿峰是我女兒。既然不是生意上的事，你這個做掌櫃的就別在那裡說三道四了。」
滾！剛右衛門斥道。
偌大的房間落入寂靜。

【參】

步出外廊，仰頭望天，月亮高懸夜空。

離滿月還有四五天的工夫。

是兔子、蟾蜍，

——爾或是男人？

「不像個男人。」

剛右衛門自言自語。

是說——不能直瞅著瞧吧？

別開視線，同時一片幽暗的走廊深處出現人影。

「老爺。」

「儀助嗎？什麼事？店已經關了嗎？如果又是上次的事，就別來煩我了——」

這三天，剛右衛門不斷地在想。前晚與儀助對話以後，他一度打算應允了這門婚事，但冷靜一想，那終歸只是一時氣話。根本的問題毫無解決。即使儀助這會兒重提，他也千頭萬緒。

至於阿峰，他甚至沒跟女兒碰面。

「是。老爺，其實，有人想要見老爺一面。」

「有人要見我？」

剛右衛門老爺，您老一向可好？——走廊更深處傳來聲音。

「你是——柳次啊。」

「小的六道屋，感謝老爺平素關照。」

「喂，儀助，你——」

喔喔，不是這麼回事的，剛右衛門老爺——柳次穿過儀助旁邊，快步經過走廊，殷勤卻顯傲慢地欠身行了個禮。

「城島屋一事，我聽大掌櫃的說了。那在這兒是怎麼說的來著？——老爺要做掉對方，是這麼說的嗎？哎呀，上方話真是難極啦。我本來是紀州人，在江戶長大，最後落腳在京城。從此以後，在東西各地輾轉流離，渾人一個，說起話來，腔調也南北雜燴，卻只有上方話，怎麼也學不來。」

我也是紀州出身，剛右衛門應道。

「這不重要，你來做什麼？城島屋的傳聞，我聽儀助說了。那件事的話，不必再提了。」

「其實——就是為了這檔子事，剛右衛門老爺，這事可不能就這麼算了啊。我看大掌櫃的樣子，老爺似乎打算說成這門親，所以——」

「儀助，你居然把家裡頭的事隨便向外人說嘴？」

噯，老爺息怒，柳次帶著賊笑說。

「剛右衛門老爺，您打算和城島屋對幹一場是吧？既然如此，小的覺得這話您應該聽聽。」

「什麼對幹？這——可是親事。」

老爺又在說笑了，柳次笑得更深了。

「您方才不是才說，已經聽掌櫃的轉述我說的傳聞？」

「所以我才說不必提了。」

「這可不成。說到城島屋，他們的手段可狠毒了。那裡的二少爺——他名叫籐右衛門，他啊，用同樣的手法，毀了三島一家店呢。」

「怎樣的手法？」

柳次賣關子地只是笑。

「我懂了。不過柳次，我可沒那麼傻，會全盤相信你這種來路不明的傢伙說的話。」

「老爺的意思是——我只是個區區賣舊貨的？區區帳屋可以相信，但獻殘屋就不可信，是嗎？」

原來就是這傢伙在慫恿儀助——？

「你跟檑屋林藏——是有什麼過節嗎？」

「過節倒是沒有——不過，以前是吃過他不小的苦頭。但我可不怨他，彼此彼此嘛。我跟他呢，是一丘之貉，爾虞我詐，樂此不疲——是這樣的關係。」

蛇有蛇路啊，老爺，柳次說。

「我跟姓林的不同，壓根兒沒有要敲老爺一筆的念頭。小的不會跟老爺要半毛錢。」

「真清高啊。不過這麼一來，就更不能相信了。」

天底下沒有平白送上門的好事。

「放心，我自有別的搖錢樹。」

柳次眼神一飄，指示背後。
儀助恭敬地站在那裡，旁邊似乎還有另一個人影。
「——是誰？」
「是活證人。被城島屋搞垮的松野屋的小姐——簡而言之，就是慘遭籐右衛門玩弄的姑娘。」
「什麼？」
「小的呢，是受松野屋小姐之託，要向城島屋報一箭之仇。」
垂著頭的黑影，以奄奄無力的動作，頭也不抬地朝儀助挪近了一步。方紙罩座燈幽朦的光照了上去。一片模糊，就好似月亮的陰影。
「林藏是怎麼跟老爺說的，小的不清楚，但我這兒就如老爺所見，有個人證。」
「這是你的一面之詞。也許她是冒牌貨。」
如果是月亮的陰影，就只是斑紋。
「倘若老爺懷疑，可以在明亮之處細細檢驗一番。如何？老爺，可以進廳裡詳談嗎？哦，要相信我，還是要相信林藏，全看老爺自己。要聽信哪邊，都看老爺方便——只是小的認為，聽過之後再做決定也不遲。」
剛右衛門仰望夜空。
吸取生命的圓光皎皎照耀下界。

過於寬敞的廳房。

剛右衛門在上等的座墊坐下，手肘倚在扶手上。儀助點燃方紙罩座燈，跪坐在左後方角落聽差。

——你。

不是他們那邊的嗎？剛右衛門想。

女子坐在剛右衛門的正面。她的頭上包著御高祖頭巾（註15）。柳次坐在女子後方。

待室內火光穩定下來，女子取下了頭巾。

年約二十五、六。

頸脖處看起來更年輕。

女子靜靜地仰起頭來。

剛右衛門倒抽了一口氣。

——這張臉。

不。他不可能見過，只是覺得似曾相識而已。人的臉大同小異，五官相似、體態相同、服裝和髮型相近的話，任誰看上去都是同一副模樣。

「小女子名叫里江。」女子說。

註15：高祖頭巾是江戶時代中期開始流行的一種婦女禦寒頭巾樣式，罩住整顆頭，僅露出眼睛，或露出全臉。

「里——江。」
——這名字。
是誰去了？
不，想了也是白想。
剛右衛門與這名女子素不相識。
她是松野屋的獨生女，里江姑娘，柳次說。
「松野——屋？」
老爺知道？柳次問。
字號相似的店家多如牛毛。
不知道，剛右衛門答。
「和老爺的店一樣，是船問屋——不，這都是過去的事了。後來變成了城島屋。得力的幾個老夥計都被逐出，原來的店東上吊，家破人亡——」
哎呀，抱歉——柳次收住了話。
「家母——」
里江接過話頭。
「憂勞成疾，臥病在床，比家父早一步離世了。家父也隨著一起去了。」
「這——」

妳也真命苦，剛右衛門說。

里江垂下頭：

「後來，原來的大掌櫃照顧我們母女——」

「等等，妳不是獨生女嗎？父母雙亡後，不就只獨留妳一個了？怎麼說妳們母女？」

還有個娃兒，里江答道。

「有娃兒？那是、呃——」

是籐右衛門的孩子，柳次說。

「那麼——那孩子——」

被抱走了，里江答道。

「誰抱走了？籐右衛門嗎？」

是籐右衛門的父親抱走了，柳次說。

「父親？你說城島屋嗎？」

「因為籐右衛門和里江小姐離婚了。要尋找下一個目標，帶個拖袱總是礙手礙腳。里江小姐生下的孩子，好像就當做是城島屋老闆的妾生子。換言之——表面上當成是籐右衛門的異母弟。」

「我、我不懂。」

這到底是怎麼個伎倆？剛右衛門問。

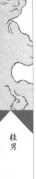

「老爺不懂嗎？」柳次確定地反問。

「我如何會懂？」

「老爺真的不懂？是一樣的手法啊。」

「一樣？跟什麼一樣？」

「咦？您忘了嗎老爺？那麼請聽小的說分明。首先——收到一封信。是情書。一封言詞懇切、細述對掌上明珠熱烈情意的情書。」

——啊，想起來了。

「一打聽，對方是家大商號，而且態度謙虛有禮。哎呀，小犬實在太唐突了，這一定要給您賠不是——但小犬也是用情至深，咱們做父母的也想成全兒女的心意——」

如出一轍，對吧？柳次說。

「松野屋似乎也猶豫了。松野屋就和府上一樣，就只有這個女兒，後繼無人。不過呢，對方說既然如此，給他們做招贅女婿也無妨。於是——雙方見了面。」

他看起來一派耿直，里江說。

「看起來溫文善良。神態舉止、所有的一切，看起來都很好。可是——」

「外貌稱不上儀表堂堂。這要是個風流倜儻的花花公子，倒還有法子提防，但怎麼看都是個靦腆稚氣的大戶少爺。父母禮數周到，家境看起來也頗富裕，印象著實不差。噯，若是只考慮到生意——這真正是天假良緣。是吧，老爺？」

剛右衛門不答，斜眼望向儀助。
儀助低俯著頭，好似在計算榻榻米的節數。
柳次繼續說道：
「親事就這麼說定了。籐右衛門低調地入贅松野屋，松野屋的老闆也幾乎是打定主意要把店交給他了。由於和城島屋結成親家，彼此幫襯，生意也一下子做大了。這下真是百事大吉，萬事亨通。親家城島屋也陸續介紹了幾樁大買賣。也許是因為有了後盾，又或是不願輸給女婿家，松野屋也開始大張旗鼓，做起有些勉強的買賣來。說是勉強，但做生意又不是賭博，還是有賺錢的把握的。沒想到——事情就在此時生了波折。」
這時，里江挽起袖口，露出左臂來。
那條胳臂上。
——是兔子。
不，還是蛙？剛右衛門這麼覺得。
是胎記。
是一塊看起來就像月影的胎記——不，是傷疤。
里江開口：
「籐右衛門會做生意，也很會做表面工夫，在旁人看來，是個無可挑剔的好夫婿。不過，那都只是表面上，夫妻之間——」

「這丈夫活脫就是個豺狼虎豹。」柳次說。
「豺——豺狼虎豹？」
「成天就對妻子尋事刁難，苛責斥罵、拳打腳踢是家常便飯，對妻子溫言軟語，就只有成親當天。」
「做、做父母的都沒說話嗎？」
「唔——要說話也難吧。畢竟是夫妻間的事。而且女婿又是重要的城島屋的兒子。」
「就、就算是這樣——」
他從來不打我的臉，里江說。
「他不會在看得見的地方留下傷痕。我沒辦法出示給老爺看，不過背上——」
「她說被火筷子燙過。」
「這——」
「動輒說她口氣差、眼神難看、態度不像話，動手教訓。倘若反抗，只會火上澆油。要是啼哭，也會惹他生氣。如果敢告狀出去——」
夠了，我懂了，剛右衛門制止。
「這，就是你說的——」
不，八成就是。
「一切都是計謀。這——就是他們的圈套。」

「你、你是說這是故意的？」

「是為了招人嫌。」

「招、招人嫌要做什麼？他可是入贅女婿，只會被女方家逐出去啊。」

「就是被逐出去了。不管再怎麼瞞，總是跟岳父母住在同一個屋簷下，事情當然要曝光。對這個行止不端的女婿，松野屋老闆再三告誡過，也坐下來好好談過了，但根本勸不聽。勸也勸了，罵也罵了，卻是每況愈下，如此一來，做父母的還是得護著自己的孩子。雖然也去找女婿家的城島屋說過，卻沒個了局——到頭來還是離婚了。不過呢——」

「這樣啊。」

「沒錯。」

不知為何，獻殘屋的眼神變得凶狠。

「結果呢，對方開口，說既然夫妻離異，生意方面，也就此一刀兩斷。然而到了這當口，松野屋早已陷入少了城島屋就動彈不得的窘境了。不知不覺間，松野屋的生意整個被城島屋給把持在手裡。」

連一個月都撐不過，里江說。

「壞事傳千里啊。這麼一樁難得的良緣，世人可不認為是松野屋主動放棄。即使想要向人分辯，這又是家醜，想想里江小姐會有多難堪——這實在無法輕易向外人道吧。」

也沒法辯駁，柳次說。

「松野屋被說成大商號城島屋甚至不惜讓兒子離婚，也要跟他們斷絕關係，風評自是一落千丈。流言四起，說松野屋似乎糟到不行，無法收拾。如此一來，自然借不到款子，債主討債卻像催魂似的。本來談成的生意告吹，應該要上船的貨也都撤走。無奈即便到了這步田地，船還是得跑。」

確實如此。

如此可怕的狀況，剛右衛門不曾想過，也不願意想像。

「港口只有空船浮在那兒，沒貨也沒客人。即便如此，還是得為了碩果僅存的少許顧客的少許船貨，勉強出船。這下虧得可慘了。但不出船，又會被貨主、船東控告詐欺。一眨眼之間，松野屋便一蹶不振。這時——城島屋再度登場。」

「城島屋要求接手。貓哭耗子，說什麼即便離異，畢竟曾經夫妻一場，小犬或許也有過錯——」

里江的頭垂得更低了。

「然後——店就被侵吞了？」

剛右衛門喃喃。

「沒錯，他們就是這樣子侵吞的，剛右衛門老爺。」

柳次再說了一遍。

「入贅進去，作踐妻子，極盡凌虐之能事，然後再把店給吞了啊，剛右衛門老爺。」

里江深深俯首。

是在垂淚嗎？爾或憤恨難平？

「接下來就像剛才說的，松野屋老闆一家被趕出去，受過主子恩惠的下人也統統被打發走，半年後，門簾看板全換成了城島屋。店裡的船、租來的船、客戶、夥計，全被偷得一乾二淨。」

連我的孩子、父母的性命也被取走了——

里江說。

接著，

「我恨。」

她說道。

「我恨籐右衛門。」

里江抬眼，定定地凝望著剛右衛門。

「如果我忍氣吞聲，如果我一個人隱忍到底——就不會有今天了。家母、家父也不會死了。那孩子也是——我恨籐右衛門，但孩子何辜，依舊是我的心頭肉，卻仍被他們強奪了去，我一無所有了。這教我再怎麼恨、再怎麼不甘也不足夠，這樣下去，我要死也不能瞑目。」

——里江。

這個女的是誰？

是誰去了？

名叫里江的不幸女子。

「都說到這地步了——」

老爺還想不起來嗎？柳次說。

「想、想不起來——什麼？」

「哎呀，老爺。」

柳次停頓片刻，放肆地笑。

「就是府上也被盯上啦。這麼重要的事怎麼能忘了呢？咱們可不是來傾吐不幸，賺人熱淚的。這手法不是如出一轍嗎？這位里江小姐——就是未來的府上千金啊。」

老爺——儀助開口。

「倘、倘若此事不假，那——」

「倘若不假，就怎麼樣？儀助。說清楚。」

「就、就是——」

「你是要叫我回心轉意？」

剛右衛門轉向儀助。

儀助略略抬頭，提心吊膽地回望剛右衛門。

「老爺——」

「你這蠢材，我真是看走眼了。」

剛右衛門撇開頭去。

「蠢材——？」

「你不也坐在那裡，從頭聽到尾了？如果這獻殘屋所言屬實，敵人的手法早已被咱們所洞悉，不是嗎？既然都知道對手的伎倆了，還有什麼好怕的？」

「不，老爺——」

你還有什麼話要說？剛右衛門吼道。

這幾年——不，十幾年來，剛右衛門從來不曾大吆小喝。

「儀助，你是什麼人？你是什麼身分？你是杵乃字屋的大掌櫃！說到大掌櫃，就是夥計裡頭的大總管了。既然如此，你就該想法子預先防備。我不是跟你說過？對方張口咬來，咱們就反咬回去。想出計策反咬回去，不就是你的職責嗎？」

「可、可是老爺，事關小姐——」

事關阿峰小姐這一輩子啊！儀助傾訴。

那是你主子的家務事！剛右衛門吼得更凶了。

「林藏也這麼說。說了跟你一樣的話，撒手不吭聲。他還比你識得分寸，知道自己有多少斤兩。沒錯，那個帳屋可能撒了謊，可能騙了我。究竟怎麼樣我不知道，但縱然他騙了我，也沒有差別。敢誆騙我杵乃字屋剛右衛門，我還要敬他好膽識。相較之下，你呢？」

儀助沒有回話，以哀傷的眼神注視著剛右衛門。

「哎呀，且先打住。老爺，聽您那口氣，是相信小的所言了？」

柳次挪膝上前。

「沒這回事，獻殘屋。」

「不是嗎？」

「我怎麼可能相信你這種人？那裡的姑娘，也可能你是找人喬扮的。不過聽了你的話，這林藏也變得可疑起來。你自個兒不也說過？你們是一丘之貉。」

這我可得要斟酌斟酌，剛右衛門說。

「對小的來說，這一點都不打緊。簡而言之就是老爺——您有意要與城島屋較量一場。」

老爺——！儀助喚道，話聲未落，剛右衛門已搶先應道：那當然！

——真的，

這樣就行了嗎？這是自己的真心嗎？

是否有什麼應該考慮的事？是否遺漏了重要的事？是否哪裡弄錯了？我——

「倘若事情就如同林藏所說，那就沒什麼好煩憂的。要是就像柳次說的，咱們挺身對抗就是了，不是嗎？儀助，你聽好，這柳次可不是警告我對手難纏，叫我罷手，而是說對手狠毒，要我剪惡除奸，對吧？」

是，柳次低聲應道。

「林藏說是好事一樁，態度卻猶疑不決。相反地，柳次來警告我大事不妙，卻攛掇我答應下來。你明白這是怎麼一回事嗎？儀助？」

平常的話，應該要相反才對，剛右衛門說著。

儘管心裡頭一點兒也不這麼想，歪理卻從口中侃侃而出。

「假使林藏存心騙我，他應當要舉雙手贊成，對吧？如果其實他想介紹個蛇蠍親家給我，從中謀利，林藏那樣伶牙俐齒，這樁親事還不被他說得天花亂墜？而假使這柳次想要騙我——就說明城島屋根本不壞。那他剛才那些話，也全是胡說八道了。那麼他應該要勸我打消念頭才對。因為他瞎說這一通，就是為了破壞親事。然而他卻慫恿我答應下來。就此來看，不論他們葫蘆裡賣的是什麼藥，起碼說的都是真的——不對嗎？」

沒錯。就是這樣。

「老爺，或許是這樣沒錯，但那也就是說——」

「夠了，儀助。」

剛右衛門站了起來。

「柳次。還有——」

里江。

「妳的心願，是把那城島屋好好教訓一頓。唔，妳的願望能不能實現，我沒法保證。唯有這一點，無人知曉。所謂勝負，不到最後揭曉，沒人知道——」

剛右衛門拉開紙門——

仰望月亮。

【肆】

您又在看月亮了，林藏說。
沒錯，剛右衛門在看月亮。
來到向月台，自然而然就會抬頭仰望。已經是習慣了。
「肯定折了不少壽吧。」
「是啊。」
「折了多少呢？」
「這就難說了。」
林藏站到旁邊，俯視著街景。
「上方真是富庶。」
林藏感動地說。
「我呢，東家，許久前曾在江戶待過那麼一會兒。江戶那地方，是塊偈促的土地。常地震，還落雷，加上一天到晚火災，房子再怎麼蓋，也三兩下就塌了、燒了。」
「不都說火災是江戶的菁華（註16）嗎？」

那都是逞強話，林藏說。

「江戶街屋，全是粗製濫造。知道橫豎都要毀掉，再加上為了防止延燒，都刻意蓋些易壞的平房屋子。真的很破爛。水路縱橫盤錯，也是為了防火。左一條溝，右一條河，到處都是水，所以排水也愈來愈糟。江戶人自以為灑脫，其實只是窮酸。兩相對照——」

上方一片繁華，林藏接著說。

「看看這片腳底下，櫛比鱗次的華廈。江戶有許多武家大宅，但宏偉的也只有達官貴人的宅子，其餘乏善可陳。不過——」

林藏仰望夜空。

「只要抬頭望天，不管是江戶還是大坂，都是一個樣兒。」

「這——當然一樣了。上次你不是也說，不管在唐土還是天竺，天上的月亮都是同一個樣兒。」

「是一個樣兒吧。不過——東家，您不是曾說，人要爬上梯子，就得望著上頭？」

「我說過這話？」

「前些日子，老爺還說您很幸福。」

我是很幸福，剛右衛門答道。

註16：日本俗話說，火災吵架是江戶菁華，意指打火兄弟的奮不顧身，以及江戶人爭吵時的氣勢，是江戶最有看頭的兩件事。

「現在也是嗎？」
「這是什麼話，林兄？自上回見面，連十天都還沒過去。我一點兒都沒變。」
「一點兒都沒變嗎？」
林藏沉著聲音問。
「一點兒都沒變。」
「可是老爺——」
卻淨是望著上頭，不是嗎？——林藏說。
「東家是打算向上爬了嗎？」
「嗯。」
——這樣啊。
或許吧。瞧儀助那副窩囊相，隱居暫時是不必想了。
「林兄，我問你一件事。」
你在背地裡算計我嗎？剛右衛門開門見山問。
「我？算計東家？」
「我聽到城島屋的風聲了。」
「哦，那件事啊。」
「什麼叫那件事？你果然知情。」

我是知情，林藏若無其事地說。
「這樣。那麼你是打算跟城島屋聯手，竊取我這家杵乃字屋？」
「東家，請別瞎說了。」
林藏閒適地憑靠在欄杆上，又俯視下界。
「榁屋林藏是站在東家這邊的。我領的可是東家的脩金。確實，我是靠著三寸不爛之舌混世的俗流匹夫，但可不是會出賣顧客的下三濫。」
「那你為何不說？」
因為這是不相干的兩碼子事啊，林藏說。
「哪裡不相干了？」
「不，確實不相干。我的工作是協助東家做買賣，這次的事，我也當成買賣來看。實際上，城島屋確實就像東家說的，不是好對付的尋常對手，但也不可能就這樣任由對方恣意妄為。既然有小的林藏插手其中——」
你有勝算是嗎？剛右衛門問，林藏答道：當然有了。
「城島屋做為對手，恰如其分。聽好了，東家，一般做生意，我可不建議吃掉對手。但如果對方動手，自然要回敬一番。城島屋一定會有所行動。換句話說，看他怎麼出招，咱們吃了他也是合情合理。考慮到這些，我才會告訴東家，這是個好機會——」
林藏說完，重新轉向剛右衛門。

「一旦吃下城島屋，杵乃字屋的規模可以翻上五倍。只要東家與我聯手，這並不是多難的事。因此——我才沒有多說什麼。即令對方是個草包、甚或是個惡徒，照樣是門好生意。單看買賣這部分的話，那些都是不相干的瑣事。」

這是個好機會，林藏說。

剛右衛門——也持相同的看法。

「您看我這話說的不對嗎？東家。」

「你說的不錯。不過以這樣而言，上回你的態度倒是不乾不脆。」

「我之所以不乾不脆，是因為談到生意以外的事。吶，東家，管它是人渣還是魔頭，只要吃得下去，就是塊肥肉。不過說到擇婿、招贅，這又是兩回事了。吃虧的可是小姐啊。」

東家問過了嗎？林藏說。

「問過——什麼？」

「當然是小姐的心意啊。東家，看您這樣子，已經知道——城島屋籐右衛門的伎倆了吧？」

「是啊。」

「真正心狠手辣呢。那——小姐怎麼說？」

剛右衛門沒有告訴女兒。什麼都還沒有說。別說告訴女兒了，他根本沒和女兒說上話。這幾天都沒碰面。剛右衛門這麼告訴林藏。

「還——沒有說嗎？」

不知何故，林藏一臉哀傷，沉默了片刻。
接著仰頭望天。
「為什麼——不告訴小姐？」
「為什麼呢？總覺得——不好見到她。」
教人心裡頭難受。
這又是為什麼？
「小姐知道有這樣一門親事嗎？」
「當然知道吧。下人姑且不論，進出內宅的傭僕都知道。」
「大掌櫃說了什麼嗎？」
那傢伙沒用——剛右衛門憤憤地說。
「你誇過他，我也很倚重他，沒想到他碰上這事，卻是畏首畏尾——」
問小姐——
問小姐的意思——
「就只會夢囈似地淨說這些，腦袋裡頭根本沒有店裡的生意。」
「這樣的話，」
他腦袋裡頭在想些什麼呢？林藏說。
「會不會不是腦袋，而是心裡頭另有想法？」

「我怎麼知道？只是沒膽吧。八成是聽到城島屋的手段，給嚇壞了。買賣這回事，有時是很殘酷的，每每令人感慨世事無常，但有時勢頭正旺，教人不得不鐵起心腸。要是被那氣勢給吞沒，那就輸了。儀助就是被那氣勢給壓過去了。」

誠然，城島屋的伎倆不值得稱讚，甚至是陰險狠毒，悖離人倫，踐踏商道。但人生的巨浪有時會逼人蛻變成魔鬼。面對只能化身為厲鬼的滔天巨浪時，若不拋棄婦人之仁，就只能溺斃其中。

剛右衛門如此相信。

不，他向來秉持這樣的信念。

我可不會輸，剛右衛門說。

「換言之——老爺打算促成與城島屋的這門親事？」

「我是這麼打算。」

你說好的，替我說媒吧——剛右衛門說服自己似地說。

「林兄，我呢，從此不再相信你了。我不再相信你，但我想跟你做生意。我不知道你在打什麼主意，但你的話，看得出我跟城島屋，哪邊更有經商手腕、跟著哪邊才有利。你支持的一方將會得勝——我這麼認為。所以，你愛怎麼做都隨你。」

東家已經下了這麼大的決心？林藏說。

「確定這樣就行了？也不問問小姐和大掌櫃的意思——就這樣行事——」

「你也真是囉唆。」

「後果如何，我可不管囉。」

林藏俯下頭，翻著眼睛看剛右衛門。

「你倒威脅我起來了？還是怎麼，你同情起我了嗎？林兄。不必放在心上，我不妨的。」

「東家您——」

應該是不在乎吧，林藏說，轉身背過身子。

林藏的頭頂上，月亮綻放光輝。

「真的可以吧？」

「你也太囉唆，我說可以就是可以。」

「這樣。」

林藏低語道，冷不妨換了副語調。

「唔——從東家剛才的樣子來看，八成是聽了那六道屋的信口開河吧。」

「是啊，我聽說詳情了。還見了被城島屋吃乾抹淨的女人。」

「哦——？」

林藏緩緩地轉過身來。

「東家，那名女子，難道是松野屋的里江小姐？」

「里江——」

沒錯。
就是這個名字，剛右衛門答道。
「這樣啊。原來老爺見了里江小姐。」
「沒錯。」
「說到里江小姐——」
她已經亡故了，林藏靜靜地說。
「亡故？少胡說了，什麼時候死的？我昨晚才見到她人，難不成今天就上吊了？」
「不，」
里江小姐是更早之前過世的，林藏說。
「更早之前？」
「她真是個苦命人。既然東家已經見過她本人，應該知道，她被丈夫給折磨得不成人形，遍體鱗傷，被逐出生長的老家，甚至連孩子都給抱走了。」
「我、我聽說了。」
「母親病歿，父親懸梁自盡，里江小姐又悲又苦，抹了脖子，一了百了。」
「胡、胡說。那昨晚的——」
那是。
「我說東家啊，那六道屋柳次，可不是個尋常獻殘屋。他是個招魂的。」

「招魂——什麼招魂？」

「就類似巫師。那人做的行當，是經手一些古舊玩意兒、有來歷的東西，但不光是這些而已。他也經手古老的魂魄、有來歷的靈魂。六道路口，是未入輪迴的死人遊盪之處，那傢伙就是在那兒做生意，所以才會叫做六道屋。」

「這太——」

這可是真的，林藏說。

「此人——諱名浮世亡者柳次，引誘死人重返現世，操弄於股掌，是他的拿手好戲。」

滿口胡言！剛右衛門喝道。

「這、這玩笑太過頭了，林兄。告訴你，我可是親見看見、親耳聽見的。那個女人就在這裡，不是什麼鬼魂，也不是作夢或幻覺。她就坐在下頭我的廳堂裡，跟我說話。」

如果那是死人——

「難道你要說我是個睜眼瞎子嗎？」

「是睜眼瞎子沒錯。」

「什麼——？」

「東家，恕我再問，那女子姓甚名誰？長得什麼模樣？」

「她、她叫——」

里江。松野屋的里江。

松野屋的女兒，里江。

「松野屋的里江——」

「那她已經死了。」

「咦？」

「她已經死啦，東家。」

「你、你胡說什麼——」

「里江，這不是二十二年前，慘遭東家虐死的女人的名字嗎？」

這——

「這家店在變成杵乃字屋前，店號是不是就叫做松野屋？那家店的獨生女，是不是就叫做里江？奉職三年，升上大掌櫃，娶了店東女兒的，是不就是東家你？成親之後，將妻子作踐蹂躪，連同原本的主子一同逐出此處的，是不是也是東家你？」

「里——里江——」

「那個里江的話，老早就已經死了啊。就在東家您把阿峰小姐搶回來的隔天。」

就抹脖子死了，不是嗎？

你都忘了嗎！林藏喝問。

里、里江。

那、那張臉。

那是里江的臉。

「逼人化身厲鬼的勢頭，確實是有的，東家。你本來是個馬販子，從紀州流落此地，受松野屋收留，從頭教導經商之道，這讓你首次察覺到自己在買賣上的天分。這分才幹受到賞識，你平步青雲，成了入贅女婿。松野屋決定由你繼承後，你是卯足了勁幹活。沒日沒夜，埋頭苦幹——」

招來了化身厲鬼的勢頭。

「你開始沉迷於經商的快感，不可自拔。但如此一來——這下主子就礙事了。原本的主子，等於是靠著與人為善在經商，成了你生意上的絆腳石。儘管放著不管，松野屋終究會是你的，你卻等不下去了。」

沒錯。

那個顢頇無能的老貨。

他是多餘的。膽小怕事，成日只會囈語連天，腦袋裡根本沒有店裡的生意。那個——

——叫松野屋善助的老頭。

「所以——你把他給趕出去了。里江小姐則是極盡凌虐之後，踢出家門。其實要走的應該是你。但是，松野屋已經不能沒有你了，對吧？」

「沒、沒錯。就是那些夥計，問他們要追隨哪一邊，他們也都毫不猶豫地跟了我。這還用說嗎？那個膿包跟我，誰才有經商本領、跟著誰才能賺錢，這種事連傻子都明白——」

——侵吞店家的人就是我。

「可、可是，那、那個女人——」

「把老婆連同主子驅逐出去，鳩佔鵲巢，再和其他店家結親，做大生意，依然不滿足，又把那家店給吞了——你為所欲為，對吧？然而，你苦無子嗣，所以從里江小姐那裡搶走了阿峰小姐。里江小姐失去一切，抹脖子自盡了。我說的不對嗎？」

你一定想，死得正好，落了個乾淨，對吧？

里江小姐她——

「早就死了啊。」

驀地，林藏的身影不知為何變得龐大。

「是你害死的。」

你怎麼就忘了呢？

忘掉一切，這樣就結了嗎？

說你心滿意足嗎？這樣——

這樣就好了嗎？

「你一個人順遂如意，這是很好。這也是你的本事嘛。但是啊，剛右衛門，有些事情可以忘——」

有些事卻是忘不得啊，林藏說。

剛右衛門頹然跪倒在地。

抬頭一看，林藏的肩膀後方，掛著一輪渾圓的滿月。

「這、這次的親事，林、林藏，是——」

尾張沒有叫城島屋的店，林藏說。

「沒、沒有——？」

「如果真有城島屋，就在——」

林藏無聲無息地抬起右手，指著身後的月亮。

「那黃泉之國，不是嗎？」

「什、什麼意思？」

「你忘了嗎？城島屋，不就是你在十年前搞垮的泉州（註17）的船問屋嗎？」

「搞——」

搞垮。

「遭你侵吞，家破人亡。與城島屋有關的親戚族人，早已死絕。只剩下店裡原本的船，還在你這兒。」

是我搞垮的店。

註17：泉州為和泉國的別名，日本古時行政區，相當於現今大阪府南部。

「你說，你想和那戶亡魂店鋪結成親家，就在剛才，明確地親口要我替你做媒。」
這事就包在我身上，林藏說。
「我必定讓你和那個世界的亡者做成親家。畢竟是我答應你的。你就盡情和亡者較勁，吞掉亡者吧。」
「慢、慢著——」
等等，剛右衛門舉起手來。
指間透出月輪。
「這是你自個兒的選擇。我一而再、再而三地向你確認，這樣就好了嗎？是不是忘了什麼？這條路——是你自個兒選的。」
林藏的指頭對著月亮。
指著死亡所支配的寂靜球體。
「聽著，你有太多機會可以憶起從前。城島屋這字號、松野屋這店名，都可以讓你回想起。城島屋的手段，就是你親手做過的事。侵吞、搞垮，只要你心裡頭還有那麼一絲惦念，再怎麼樣都應該想得起來。然而你卻渾然無覺。即便見到里江小姐，看到她的臉，還是沒有想起來。」
——里江。
「你仔細聽好，剛右衛門。沒有人叫你贖罪。事到如今，做什麼都於無事補。死者不會歸來，時光無法復返。贖罪這檔子事，是絕無可能。只是、僅僅是——」

要你想起來而已。

「因你哭泣的人、因你毀掉一生的人、因你而死的人，只是在叫你別忘了他們。你今天的滿足，建立在我們的屍體上；你蓬鬆柔軟的座墊底下，壓著敗在你手上、在淚水中死去的人們的累累屍山。亡者只是哭泣——」

要你別忘了這件事，林藏吟唱似地說著。

「只要你回想起來——就應該會回絕這門親事。不，我不是說你會因為悔過而拒絕，而是因為你的掌上明珠、應該是你最疼愛的女兒，會遭到過去你對里江小姐所做的相同遭遇。只要你明白自己做了多殘酷的事——就可以避免。然而說到底，即便是阿峰小姐，你也沒把她放在眼裡。你，杵乃字屋剛右衛門，心裡頭就只有你自己。就是這麼回事。」

「我——」

「你選擇了這條路。」

月光。幽微死寂的月光。

——好刺眼。

「剛右衛門，你真正是個睜眼瞎子。告訴你，你前晚看到的里江小姐，那是——」

阿峰小姐啊——

阿峰。

「真、真的嗎？」

那是。
「胡、胡說。再、再怎麼樣，我自己的親女兒——」
在那麼近的地方端詳。
「怎、怎麼可能認不出來——」
「你就沒認出來。」
「是、是真的嗎？那、那個女人——」
不是里江嗎？
不，那張臉。
「那、那是里江。」
「那當然像了。她們可是母女，長得像是天經地義。日復一日，長達二十多年，你看著阿峰小姐過日子——然而卻連那麼一次——都沒有想起過里江小姐嗎？」
若是如此，形同對她視而不見。
「你連同住的女兒都不屑一顧。你對阿峰小姐一無所知對吧？阿峰小姐她呢，在年紀尚幼的時候，便已得知母親死亡的真相。她知道母親是被父親施暴逐出，刎頸而死。」
「阿、阿峰她——」
知道這事？
「不僅如此。儀助也是。他是你搞垮的泉州城島屋唯一的倖存者——該戶的二兒子。」

「什、什麼——?」

那。

「這、這全都是那傢伙一手策畫,想要報復我嗎?」

錯——林藏聲音嚴峻地否定。

「你可別誤會了。若以為世人全都跟你同一副心思,只想以牙還牙、以眼還眼,那就大錯特錯了。」

「可、可是他隱瞞身分——」

隱瞞來歷,不是嗎?

「這不是理所當然嗎?如果知道他是誰,你還會雇他嗎?不,儀助——似乎隱約認為你明知一切,還是雇了他。看來他實在太抬舉你了。你只是根本沒認出他來,對吧?」

看來你連那樣的胸襟都沒有,林藏說。

「你的眼睛是瞎的,除了生意,什麼都看不見。儀助連一絲半點都不怨你,毋寧是尊敬你。他很認命,覺得父親的店倒掉,是時運不濟,也是沒有招來運氣的才能。他盡釋前嫌,為你的店滅私奉公,真正令人敬佩。可是,他終究是忍無可忍了。」

「忍——無可忍?」

「不是為生意,也不是為私仇,而是為了阿峰小姐。」

「這——這跟阿峰有什麼關係?」

「大有關係。儀助他呢，再也看不下去阿峰小姐痛苦的模樣了。」

「怎、怎麼會？」

「你們同住在一個屋簷下，卻全不知情嗎？他們兩個——是兩情相悅啊。」

「阿、阿峰和儀助——」

原來是這樣？所以儀助才——

「所以才說你是個睜眼瞎子。你原有個好女婿、好女兒，真正再幸福不過。結果呢？哪怕只有那麼一回，倘若你和儀助開誠布公地談談，體諒一下阿峰小姐的心情，事情也不會落到這步田地。」

「這——步田地？」

林藏再次伸手指月。

剛右衛門仰望他的指頭前方。

「月亮呢，剛右衛門，不是兔子也不是蟾蜍。它是鏡子——什麼人看它，它就是什麼樣。」

「鏡子——」

「映照出自身的鏡子。你從不觀照周圍，只看到自己。你的眼裡只有你自己。所以才會一片模糊，模糊到看不見世上的一切。」

「映、映照出自身——」

「難道不是嗎？阿峰小姐擔心你，儀助也是。他們相信最後關頭，你一定會選擇身而為人應

當選擇的道路。阿峰小姐打定主意，只要你拒絕這門親事，她也不再說什麼，不論是母親的死、還是過去的一切，就當做從來沒有過，照原先那樣過日子，讓爹爹隱居，與儀助結為夫婦，白頭偕老。然而你瞞著女兒，不與她商量，不為她設想，甚至不肯正眼瞧她一眼。只知道看著鏡中自己現在的臉，耽溺不可自拔。」

「我——我——」

「桂男就是你。」

「我——」

就映照在上頭嗎？

「既然你是桂男，就請你受罰吧。請你去砍伐那再怎麼砍都無窮無盡的大樹枝椏吧。對了，儀助和阿峰小姐——」

兩人已經離開大坂了，林藏說。

「離開——」

「私奔了。這也是當然，居然把女兒許配給死者，這樣的父親身邊——還待得下去嗎？」

「阿峰——」

剛右衛門站了起來，抓住向月台的邊緣，俯視下界。

街道。屋舍。家家戶戶。

「阿、阿峰！」

「你總算看底下了。不過，為時已晚了。」

「為、為時已晚？」

「太遲了。經過昨晚六道亡者的那場亡魂之舞，兩人都對你徹底死了心。你失去了掌上明珠，和生意上值得信賴的一條臂膀。」

「阿、阿峰！儀助——！」

這都是你的選擇，林藏說。

「路，已經替你擺在眼前了。甭擔心，你不是心滿意足嗎？倉庫有六座之多，房子也大成這樣，這是沒得挑剔的幸福。又不是要取你性命，也不會拿你半毛錢。不過呢，你已經是亡者了。從今而後，你剩下的路——就只有化身金錢的亡魂，更加心狠手辣地繼續做買賣。」

剛右衛門緩緩地仰望月亮。

暈滲的月輪在蠕動。桂男在招手。

原來那個桂男——

就是我自己嗎？

「如此，金比羅終焉矣。」

林藏語畢，身子一轉，略略回頭道：

「所以才忠告你，別一直看著月亮啊。」

那個貪得無厭的老頭後來怎麼了？阿龍問。

沒怎麼啦，林藏答。

「還是那樣。」

「這樣就——算了嗎？」

什麼叫算了？林藏問，阿龍便說：不是要報仇雪恨嗎？

「報仇雪恨又能如何？即便把他抓來千刀萬剮之後再宰了，也不可能甘心吧。」

「是這樣沒錯，不過譬如說，讓他傾家蕩產之類的——」

這可不是復仇的差事，林藏說。

「一文字狸接到的委託，完全是釐清剛右衛門的本性，可不是要整治他一頓。要是那樣，倒省事多了。」

這回的差事可費事囉，林藏牢騷道。

「噯，總之是把他載上靄船，送上高遠之地去了。這樣就夠了吧。」

「這又怎麼說呢？」阿龍追問。

「他呢，這輩子再也不可能心滿意足了。不管賺了多少錢、蓋了多少倉庫、吃上山珍海味、左擁右抱，一直到死，都不可能心滿意足。他得抱著缺憾過完一輩子了。」

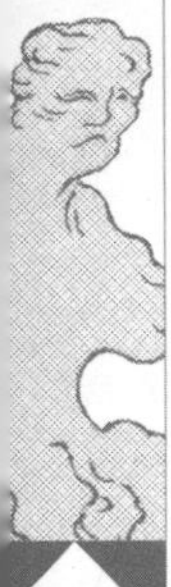

這應該是比什麼都要重的刑罰。
靄船真是太可怕了，阿龍說。
「把人就這麼活生生地載上死靈船。」
「妳以為我喜歡啊？」林藏說。
林藏並非尋常帳屋。他諢名靄船林藏，是個惡徒。
所謂靄船，是比叡山七不可思議之一——死人擺渡的亡靈船。傳說中，琵琶湖上的這亡靈船，遁入霧靄，乘著雲霞，神不知鬼不覺，業已划上了比叡山。
就是以比叡山的這種神祕現象，來比擬林藏的伎倆：擅於用三寸不爛之舌把人哄上賊船，不知不覺間將人載向彼岸。
林藏向繪草紙（註18）出版商的一文字屋仁藏承攬這類插圈弄套之事。而浮世亡者，也就是獻殘屋柳次，同樣是一文字屋的手下之一。柳次是個極其惡質的惡徒，所擅長的死人戲，能教死者看上去栩栩如生。
「不過啊，阿龍，這麼糟糕的親事，一般都會回絕吧？我原以為這回最後輪不到我出馬，應該到六道的浮世亡者那兒就落幕了，想不到——」
是罪業太深嗎？
果然是雙眼被蒙蔽了。
「他的女兒——一定很傷心。」

「是啊。」

「她喬扮了自己的母親吧？還是該我來替她的吧。」阿龍說。

阿龍能千變萬化，從小姑娘到老嫗，什麼樣的女人，她都能徹底化身。與柳次聯手上演幽靈戲，是她的拿手絕活。

「別在意，她沒事的。」

是那姑娘——

主動要求扮演母親的亡魂。

兩人是母女，自然相似。柳次也容易操弄。

不，比起像不像，要騙的可是親爹。林藏認為，阿峰必定是想，只要在親爹面前露臉，父親總該會醒悟一切。

然而即使兩人相對，父親還是沒認出女兒來。

瞎了眼也該有個限度。

「唔，如此這般，沒法來個皆大歡喜，但事情終究是結了。」

結了啊？阿龍說。

「那私奔的兩人怎麼了呢？」

註18：繪草紙是江戶時代流行的插圖小說，主要供婦孺閱讀。

「妳窮問個什麼勁啊？這我哪會知道？告訴妳，我的差事，把人超渡就了結啦。」

林藏說罷，站了起來，在店頭插上竹子。

「怎麼，這兒的攤子不是要收了嗎？」

「我中意這裡，要再待上一陣子。距離下回的布局，還有段時間吧？」

大坂合他的性子。

是喔，阿龍漫應著。

「倒是那兩人——去了哪兒呢？」

「妳就這麼牽掛不下？噯，既然是六道給他們引的路，或許被引去了什麼怪地方。不過沒啥好擔心的，那個叫儀助的小夥子意外地能幹，工作了十年，攢下了一筆不小的財產，眼前的日子不必操心。」

你不是把他的私房全搜刮乾淨囉？阿龍說著，放聲大笑。

「誰會幹那種事？要搜刮，也是頭子搜刮好嗎？我跟妳都只是端人飯碗，少在那邊說瘋話了。」

「說是這麼說，你不也從剛右衛門那兒拿了不少？用指點經商的名義。」

「這是沒法子的事吧？六道不也向他推銷碗盤什麼的？那筆收入是另外算的。唔，我是有些後悔沒多拿一點啦。」

到底是跟人家拿了多少？阿龍說著，跳下土間（註19），說：「我去跟頭子回報一聲。」

阿龍就要走出屋簷的瞬間，

大雨嘩嘩而下。

討厭！阿龍折了回來。

「會給淋濕的。今天應該不會下雨才對呀？昨晚月光那麼清朗。」

心裡頭的月亮，可確實是籠罩著月暈啊。

林藏喃喃自語，露出苦笑。

註19：土間是日式房屋中，屋內不鋪鋪木板，泥土地直接裸露的地方。多半設在玄關等處。

遺言幽霊　水乞幽霊

未能遺言
或飢渇而死之人
將迷途徬徨
乞水而悲泣哭號
可悲復可嘆

——繪本百物語・桃山人夜話卷第三／第廿六

【壹】

眼皮錫澀，怎麼也睜不開。

是睏嗎？

不是睏，是醒不來。

腦袋裡頭傳出擂鼓般的咚咚聲響。不是聲響，是振動嗎？

與其說是振動，或者，這是疼痛？

——是頭痛？

好似不安、無依，卻又好似安心、內疚、自豪。

感情紛亂無序。

也不是紛亂無序，而是無法梳理。一切都渾沌不明，喜怒哀樂雜糅，就彷彿自暴自棄，覺得一切都無所謂了；卻又一片寧靜，覺得這樣也無妨，感覺極不可思議。

不過，這頭痛教人難忍。

好討厭、好不舒服、好痛，這種種想法——與其說是想法，更應該是痛楚——首先自渾沌中分離而出，他總算把右邊的眼皮撐開了一半。

就像罩了一層霧，朦朦朧朧。

綠色、紅色、金色。

白色。

——裝飾。

是祭壇嗎？暈滲模糊。

看不真切，不過是裝飾沒錯。

那麼，自己是死了嗎？

自己——萌生出自我的認識後，貫藏總算成為貫藏。瞬間，渾沌的思緒就這樣模模糊糊地轉化為恐懼，凝聚成形。

——我。

究竟是怎麼了？想要抬頭，脖子和肩膀卻都沉到不行，彷彿灌了鉛，文風不動。手臂也抬不起來。連指頭都麻木了。

就好像沒有手。

觸覺伴隨著刺痛復甦。

在喉嚨使勁。

——嗚。

連聲音都出不來嗎？

疼痛變劇烈了。

怦、怦。這——

——是血液流動的聲音。

活著。我活著。

他發出呻吟，聽起來像「嗚嗚」也像「喔喔」。

「咦！」

女人的聲音。

「不得了啦！」那聲音接著說。

「二、二少東活過來了！」

咚咚腳步聲。

紙門開啟聲。

眼睛。

眼睛睜開了。

——是佛壇。

他人躺在佛間（註1）裡。

二少東、二少東，有個聲音喊著。

註1：佛間為日式房屋裡安置佛壇，上香祭拜的房間。

脖子轉向另一側，有兩名陌生男子和一名女子。

「啊，真的醒了。這——」

「可喜可賀，啊，這下小津屋總算可保安泰了。」

「這筆錢花得值得。是六道大師的祈禱奏效了。太好了，今年會是個好年。」

「嗚——」

話還說不順口。

是口渴，還是舌頭麻木了？又或是腦袋不清醒之故？

「啊。喂，阿龍，還發什麼愣？水，快拿水來。不，拿溫開水過來。還有，準備米湯。東家，是我啊，東家認得我嗎？」

男子探頭看過來。

不認得。

「你——」

是誰？貫藏總算擠出話來。

聲音嘶啞，不像自己的聲音。

「什麼誰——小的是文作啊。東家請別說笑了——」

說到這裡，自稱文作的矮個兒聲音哽住了。似乎不怎麼年輕。他接著轉向旁邊另一人，聲音微弱地問：

「阿林，這——」

「掌櫃的，雖然不願意這麼想——但東家也許是失憶了。」

嗄？矮個兒發出驚詫的聲音。

「失憶？」

「六道大師不是說了嗎？東家的腦袋給重重地磕碰了那麼一下，又昏迷了這麼久，即便招得回來，醒來以後，亦可能忘東忘西，或哪兒失靈失常。這一點——」

要我們有所準備，不是嗎？男子說。

說話的男子還很年輕，眉目異樣地清朗。

這下可怎麼辦才好？矮個兒——文作說。

「東、東家，真的嗎？這——您是說笑的吧？不，總不可能所有的一切，全都給忘得一乾二淨了吧？您真的——忘了嗎？」

「不。」

才沒有忘。沒那回事。

貫藏想要撐起身體，背部一陣劇痛。

他喊了聲疼，文作急忙伸手來扶。

「不、不可以勉強。」

「我、我沒有勉強。」

扶我起來，他說。
背部僵直，腰桿子也疼痛不堪。
他嗆了兩下。每咳一聲，便頭疼欲裂。他使勁按住太陽穴，慢慢地舉目四望。
一眨眼，淚液湧了上來。
淚液又沁入眼睛，益發淚眼汪汪了。
「這、這裡是我家。我沒有忘。」
「那——」
「我——」
是我——貫藏說。
「東家，這兒是小津屋啊。」
「我知道。我怎麼可能忘了出生長大、住了這麼多年的家？我是那貪得無厭的老頑固，小津屋貫兵衛的二兒子，貫藏。我是在問，你是誰？」
矮個兒一副要哭的神情：
「小的是掌櫃的文作啊！」
「胡、胡說，我家的掌櫃是喜助。」
文作轉向坐在一旁的男子問：
「這——可是怎麼一回事？」

「不，這也難怪。東家，在下名叫林藏，做的是帳屋生意，由於一番因緣際會，現下正在這兒幫忙打點買賣。」

「現下——」

現在是何時？

「你說的——因緣際會是？什麼時候的事？」

「三個月前。」

「三個月？我不記得。三個月前是——」

今天是，

——何年何月？

「東家不認得我也是難怪。我——也是第一次聽到東家的聲音。」

「就、就是啊。我也不認得你。」

「林藏先生救了昏倒的東家，把您送回家來。他說的因緣際會，指的就是這事。」

「昏倒？我嗎？」

是在堂島，林藏說。

「當時東家應該是累壞了。東家還這麼年輕，卻不得不扛起那樣一副重擔，店裡又正當危急關頭。」

「危急關頭？還有，你說的重擔是什麼？」

這究竟是在說什麼？

文作與林藏對望一眼。

「東家，您記得多少？」

「多少——」

慢著。那是。重要的是。

「爹、爹呢？我——」

——跟父親。

「老爺——」

不是已經歸西了嗎？文作說。

「死了？爹死了？你在胡言亂語些什麼？我——對，昨天——」

滾！

在我有生之年，

都不想再看到你那張臉！

「——昨、昨天我跟爹吵架了。」

「昨天？」

「昨天。對。」

罵聲仍在耳底迴盪不去。

「所、所以我被趕了出去。他不認我這個兒子了。我想起來了。」

「不認你這個兒子了——？」

「對。那個混帳老頭，罵得可難聽了。我不曉得他不中意我哪點，但對著親生骨肉，有人那麼說話的嗎？那張惡鬼似的猙獰面孔，我不可能忘得了。就是個惡鬼。精神好成那樣的一個人，哪、哪可能說死就死？」

可是，文作說罷，不作聲了。

「東家。」

林藏短短地喚了一聲，轉向佛壇。

佛壇的門敞開著。

貫藏雙手扶在榻榻米上，身子往前探去。

全身關節都在痛。應是維持同一個姿勢太久的緣故。

望向佛壇。

上頭擺上了嶄新的牌位。

「看到牌位了嗎？」

「牌位？」

老爺的牌位啊，文作說。

「旁邊是令兄貫助大爺的牌位啊。您忘了嗎？」

「大哥——」
死了。
沒錯。大哥已經死了。
但父親。
「爹沒有死。」
「東家這是什麼話呢？不是咱們一起給老爺送的終嗎？」
文作泫然欲泣地說。
「一起送終？我不懂你說在什麼。喂，你叫文作是吧？我不認得你。你說你是掌櫃，但咱家掌櫃是——」
喜助兄不是追隨老爺一塊兒去了嗎？文作說。
「你說喜助也死了？」
「是，就在去年秋天。」
「二少東。」
一開始的姑娘——應該是——以托盆盛了東西回來。
——這姑娘。
他有印象。
不，似乎有印象。

「您已經可以起身了嗎？」
「大事不好啦，阿龍！東家說這一年來的事，他全不記得啦！」
「怎麼會——？」
姑娘蹙起形狀姣好的眉毛。
怎麼了？這又是怎麼了？
「怎麼回事？我、我——」
究竟睡了幾天？
「三個月。這三個月之間，二少東一直昏睡不醒，在生死關頭徘徊。」
「三個月——？」
方才，林藏說在三個月前救了他。但貫藏不記得三個月前去過堂島。不僅如此，他毫無昏倒的記憶。
貫藏重新環顧房間。
「等、等等。那麼，我在這兒躺了整整三個月？就在這三個月之間，爹過世了？這——」
難以置信。
並非如此，林藏說。
「不是嗎？」
「不是。確實，東家是在三個月前不省人事；而在下將您送回此處，讓您在佛間躺下，也確

實是三個月前的事。但老爺亡故，是更早以前的事。」
「更早以前？」
「是。老爺亡故，是我留在小津屋做事的第一個月，去年長月（註2）的事。」
——去年的。
「豈、豈有此理。去年長月，大哥也還在世啊。大哥是在去年時雨月（註3）遇害身亡的。我才是給他送了終。不，就是因為大哥過世，我才會和爹撕破臉。爹說——」
我怎麼可能讓你繼承這個家？
小津屋的家業，絕不可能交給你。
你這個——
——孽障！——不是才這麼罵我嗎？
「就是大哥不在了，才會為了繼承之事起糾紛不是嗎？那個魔頭，說什麼絕不讓我繼承，要我滾出這個家。」
「貫助大爺身故——是前年的事了。」阿龍說。
「什麼？」
「當時我已經在這裡做事了。貫藏二爺被趕出家門——是去年春天的事。」
「去、去年？」
胡說。那是。

昨天的事。

不，只是——感覺像昨天嗎？

「啊，對啊。是了。阿龍，這裡頭的人當中，現在妳是做得最久的一個。那麼，東家是忘了去年春天以後的事——是這麼回事嗎？」

「慢、慢著。現、現在是——」

「是。年——都還沒過完呢。」

林藏起身，打開面向庭院的紙門。

屋子後頭的屋簷下，懸掛著注連繩飾品（註4）。

【貳】

自兒時起，大哥就是個惹人厭的傢伙。

不，大哥是個好孩子。會討厭貫助的，應該就只有弟弟貫藏一個人。

貫助從不耍性子，也不鬧脾氣。

註2：長月為日本傳統陰曆中的九月。

註3：雨月為日本傳統陰曆中的十月。

註4：注連繩是神道教中用來顯示神域的繩索。日本於正月期間，會在玄關掛上注連繩飾品，有時會附上松葉。

從不動粗，也不惡作劇。勤於修身向學，時常幫忙家裡。

受誇獎是三天兩頭的事，責罵卻是從來沒有。說到貫助會被叨念的事，充其量就是不夠活潑、少了點氣魄、過於敦厚、還是個孩子卻過分文靜。

根本不是如此。

知道實情的，只有貫藏一個人。

貫助只是個善於對大人察言觀色、見風轉舵、粉飾太平的孩子。

不論正在做什麼、不管玩得有多瘋，一見父母來了，大哥就會立時變了個人，換上父母喜愛的臉孔。在父母面前，他只有父母看了歡喜的舉動。

這或許不是壞事。但看在拙於這類心機、只是個普通孩子的貫藏眼裡，機靈地見人說人話的貫助令人厭惡，難以忍受。

挨罵的、受責的，總是貫藏。

儘管做的是一樣的事。

儘管一樣都是孩子。

同樣是哭。

貫助哭起來惹人疼惜，教人同情。

貫藏一哭，招來的卻是一頓好罵，說他像個娘們、吵死人。

即便想要什麼，父母會柔聲詢問貫助是否在忍耐，對貫藏卻是怒斥：少露出一副饞相！

明明就是一樣的表情。

貫助不必開口，父母就會買給他。

貫藏連央求都不敢。

有一次——

他責怪過大哥。大概是十歲的時候。

為什麼哥老是這樣？

奸詐！騙子！

太過分了！

他以為——大哥會哭。實際上貫助就是這樣的孩子，溫文、順從，遇人欺負，兩三下就掉眼淚。

不想大哥竟說：

——那是你太傻。

不得要領，是傻子的行徑，只會教自己白白吃虧。大哥說了類似這樣的話。

兩人就這樣長大成人。

貫助長成了一個識得眉高眼底、八面玲瓏的大人。

而貫藏——

變得一無是處。

他並非自暴自棄。
只是兒時的差距隨著成長逐漸拉大，曾是同樣的兩個孩子，卻變成了截然不同的兩個大人。
貫藏想要表現得機靈，便招來取巧、不識斤兩的罵名。
想要活得老實，就落得遲鈍、廢物的臭名。
明明都是一樣的。
沒有任何不同。
自己一點錯都沒有。
唯有性子日漸乖僻，貫藏成了個偏執而沒用的大人。
他比誰都這麼自輕自賤。
我是個沒用的東西。做什麼都只會適得其反。
發奮想教大哥刮目相看，卻也落得一場空。
心灰意懶，撒手不管，便真的什麼都做不成了。
一次也沒有受褒獎、一次也沒有受關懷，到頭來，貫藏長成了一個憤世嫉俗的沒用大人。
他最痛恨的——
——是大哥。
其次痛恨的，是父親。
父親貫兵衛是個守財奴。

不，商人或多或少都算守財奴。這無可厚非。

但父親。

不是動手、就是怒罵。

就只有這樣。

貫藏從父親那裡學到的事就只有一樣：貧窮就是失敗。

以及……

與其窮困潦倒，倒不如去死。

小津屋貫兵衛就是這樣一個人。他不是冷酷，而是貪婪。在欲望面前，名聲、親情、人品，盡皆相形失色。

證據就是，父親並不吝嗇。

想要什麼就買，想花錢的時候就花。雖非一擲千金，卻也非省吃儉用。父親不是那種錙銖必較、一毛不拔的性子。

他只是對欲望忠實。

花了多少，就賺回更多。

賺錢就是為了揮霍。

只要會賺錢，便是無所不能；無法掌握財富的人，即是百無一用，也就是輸家。

要是輸了，還活著做什麼？

去死吧！這話他不曉得聽過多少遍。

——但是。

貫藏不認為自己沒有經商才能。

比起淨會察言觀色、諂媚討好的大哥，他認為自己更適合經商。儘管性情乖戾，但貫藏鑽研過、也努力過。

並非毫無成果。雖然說不上讓生意鼎盛，但他從沒做過任何一筆讓店裡虧錢的生意。即便不多，還是帶來了利潤。

然而——

要父親來說，這點蠅頭小利是天經地義，算不上賺錢。

貫藏覺得，自己無法做出可觀的成果，全是父親從中作梗。不是誰的緣故，就是父親害的。

況且。

他想腳踏實地地做，就被罵沒膽；想要賭一把，就被責怪思慮淺薄。無論如何，父親就是不肯讓他盡情施展。

他不懂父親究竟不滿意什麼，總之他想做什麼，全都被打了回票。只要是貫藏做的事，從一到十，父親就是看不順眼，除了這麼想，實在找不到別的解釋。

貫藏認為，只要讓他盡情發揮，一定能順利。

但父親不許。似乎與能不能成功無關。

對父親而言，忤逆他的意思就是背叛。

因此。

只要對父親的做法有意見，就會不分青紅皂白地遭到咆哮、痛毆。

父親壓根兒不信任貫藏。貫兵衛這個人，徹底否定親骨肉貫藏的一切，甚至看不出半點想肯定他的意願。

別說肯定了，貫藏甚至從未在父親身上感受到一絲父愛。

對於父親，貫藏只有近似怨懟的、根深柢固的扭曲情感。

反觀貫助，卻是截然不同。

貫助從不招罵。

這是當然。

因為貫助什麼也不做。

大哥只是唯唯諾諾，依著父親的吩咐，就像淨瑠璃（註5）的人偶似地活動——受操縱罷了。叫他往右，他便往右；叫他坐下，他便坐下；叫他笑，即使一點都不好笑，他也哈哈大笑；叫他哭，縱然沒有任何傷心事，他也潸然流淚。

唯命是從。

註5：指人形淨瑠璃，日本傳統偶戲。配合三味線伴奏的淨瑠璃說唱，操縱木偶演出。

貫助肯定覺得：這有什麼不對？
實際上也沒什麼不好。
毫無思想、胸無大志，像個傀儡般順從，像條狗似地忠實——但吩咐交代下來，又能俐落完成——
因此無從責備。
因為他毫無思想。
不，也並非全無想法。大哥的毫不思考，全是出於精打細算。畢竟，即便是任誰來看都魯莽躁進、必敗無疑的計畫，只要父親命令，貫助仍會欣然去做——儘管明知道一定要砸鍋。
想當然耳，結果失敗了。
但貫助的失敗，就是父親的失敗。因此即便狠狠地虧空一筆，大哥也絕不會受責罵。
因為貫助是聽令於父親，父親無從責罵起。
然而。
遇上失敗，儘管未受責罵，貫助卻會主動賠罪。
與其賠罪，倒不如根本別做。打一開始就知道會落得賠罪的收場、是早就明擺在眼前的事實，既然如此，當初就應該規勸父親不應這麼做，才是正辦，不是嗎？
鬧劇一場。
教人作嘔的鬧劇。

貫藏痛恨大哥，痛恨父親。

他沒有母親。

及長之後，他才得知母親被休，回娘家去了。他不知道母親的娘家在何處，因此也不知道她是否還在人世。就算知道也無可如何，因此也不打算探問。

貫藏與最痛恨的人一起，被最痛恨的人一手養大。

小津屋家大業大。

繼承人是貫助。貫助是嫡長子，這是自然。換言之，貫藏是多餘的。既然多餘，怎麼不把我扔出去算了？自出生以來二十餘年，貫藏不斷地想。

因此大哥過世時——

他不傷心，也不難過。他不說他歡天喜地，不管再怎麼討厭，貫助終究是血緣相繫的手足。但是他沒有掉淚。

看見邋遢地張著嘴巴，露出一臉呆蠢表情，就像隻沒討到吃食的狆犬似地，就這樣死去的大哥屍首——

他只覺得有點怕。

有點怕，但隨即心想：活該！就連這樣的情緒，也立時煙消霧散。

大哥礙事、礙眼，只是存在，就教人厭惡，反過來說，有這個人令人嫌；但只要他不在了，根本也不會放在心上。

但父親卻瘋癲了。父親陷入癲狂，連葬禮也沒法好好辦。法事耽擱了四天，還是貫藏主持的。因為父親病倒了。

在貫藏的記憶中，那是去年霜月（註6）的事。

不過，那是——

前年的事了，文作說。

「聽說很慘呢。」

慘——

「慘？你說父親嗎？」

我說貫助大爺的死法，文作表情有些訝異地接著說。

「哦。」

——大哥的死法。

確實夠慘。

「據我聽說，是有強盜入室行搶——當時小的還在奈良，因此不清楚詳情。」

「被偷了三千兩對吧？」

林藏接過話頭。

「我當時在天王寺，不過當天就聽到小津屋出事的消息了。」

三個千兩箱（註7），和一只茶碗——

「很大的一筆錢。最糟糕的是，嫡長子遇害了。上代老爺一定也難以承受吧。」

父親——

確實承受不住。

錢怎麼樣都無所謂。被搶了，賺回更多的錢就是了——

貫兵衛這麼說著。

只要錢買得到，要我拿出多少都成，買回來，把貫助的命給我買回來啊——！

整個人陷入狂亂。原來他那個人也有看得比錢更重的東西。

也就是兒子的命——

——不。

是貫助的命。

不是貫藏的命，而是貫助的命。

因為父親總是叫貫藏去死。沒用的廢物、去死、與其輸人，你給我去死——！父親三番兩次這麼唾罵他。

如果死的是貫藏，父親應該不痛也不癢。

註6：霜月為日本傳統陰曆中的十一月。

註7：千兩箱是江戶時代用來保管金幣的箱子，顧名思義，可收納共一千兩的小判（江戶時代的金幣）。其他亦有可收納兩千兩、五千兩的箱子。

老爺真正是傷心欲絕，阿龍嗚咽地說。

「大哥是爹的心頭肉。」

——只有大哥是。

貫藏說。

畢竟這是事實。

「那個惡鬼，一定覺得我應該替大哥去死。」

「二少東說這是什麼話！」

阿龍睜大了眼睛。

那張臉就宛如京都的雛人偶（註8）。

「二少東——怎麼又好像變回從前了？」

「從前？什麼叫從前？我從以前就是這個樣子。還是怎樣，在——」

貫藏無法回想起來的那段期間。

「出了——什麼事嗎？」

有什麼不同了嗎？

文作表情一歪：

「少東——不，現在是東家了，真的什麼都不記得了嗎？」

「就說不記得了。喂，我也是體諒爹的哀痛，誠心誠意扛起擔子來。我給大哥辦了葬禮，替成了廢人的我爹操持這家店，結果呢？結果只惹來他一頓罵：少給我多管閒事！」

我可沒說要把店交給你。

貫助的喪期都還沒過，做什麼生意！

你就這麼不念手足之情嗎？

貫助死了，這下你倒開心了是吧？

聽好了，貫藏，老子我——

絕對不會把我的事業交給你。

連一個子兒也不會給你！

——這算什麼？

「爹他恨我、厭惡我，否則怎可能對親兒子說出如此不堪的話來？給大哥送葬的可是我。葬禮也順順當當——」

——不。

那個時候。

榁葉。

註8：雛人偶是日本傳統中於三月三日女兒節擺飾在家中的人偶，造型模仿平安時代的宮中貴族。京都的雛人偶較之關東，眼眉較細，神情較溫婉。

「不是這樣的，二少東。」阿龍說。

「哪裡不是了？喂，我可是從這家店被掃地出門。自從大哥死後，從年底到年後的這三個月，撐起這家店的人是我。然而父親卻雞蛋裡挑骨頭，一下叫我不要任意妄為，一下說店管得不成樣子，不堪入耳地咒罵我，不認我這個兒子了。」

不認我這個兒子了，貫藏再說了一次。

「既然如此，咱們就不是父子了。」

「那都是過去的事了啊，東家。」

「哪裡過去了——？」

難道不是嗎？

「老爺對於痛罵少東，把您趕出家門一事，深自懊悔，向您低頭賠罪了，不是嗎？」阿龍說。

「爹他——」

向我低頭？

「胡扯。」

「是真的。因為——啊，原來如此。」

東家忘了最重要的一段啊，文作說。

「最重要的一段？」

「是啊。對吧，阿龍？」
「是的。去年春天，二少東離家以後，店裡的人——」
勸了老爺，阿龍說。
「勸爹？」
要是這麼做。
「是誰？是哪個蠢才做出這種事？」
是大夥一起，阿龍答道。
「大夥——」
「店裡上上下下——抱定被打發出去的覺悟，向老爺進言。由上任掌櫃代表，對老爺直言規勸。」
「喜助嗎？那結果——」
「是的。老爺說：你們說得好。」
「什麼？」
「老爺說：你們說得好，要是沒人勸我這一句，我可能就要走錯路子了。」
「爹他這麼說？」
難以置信。
在貫藏心裡，挨打挨罵、被逐出家門，都是才昨天的事而已。

「然後，爹說要向我賠不是？」
「是。老爺向二少東下跪，求二少東回來。」
「下跪？在哪裡——」
我——
後來去了哪裡？被父親趕出去以後——
在青樓，文作說。
「東家，您離家之後，不是去了和泉樓嗎？據小的聽說，老爺在青樓屋簷下，向您下跪磕頭賠不是呢。說著：是我不好，原諒我，回來吧。」
那個、那個貪得無厭的惡鬼。
怎麼可能——
貫藏說「我才不信」，三人說著「可是——」，面面相覷。
接著文作望向佛壇牌位：
「小的進店裡做事時，兩位——看起來並不像反目成仇啊。」
對了。
這個完全看不出年紀的矮個兒，怎麼會坐在這裡？
小的是少東收留的，文作說。
「我？在哪裡收留你的？你究竟是什麼人？」

「小的是路倒人。當時小的就倒在店前，是東家救了小的，說如果小的無處可去，店裡正缺人手，就進來幫忙吧——」

「店裡缺人手？」

不可能。

小津屋有超過五十名夥計。即便真的人手不足，也不可能雇用來歷不明的路倒人。況且——

「你一開始說你是掌櫃，哪有如此離奇的事？倘若你說的是真的，那麼你就是在短短半年之內升到了掌櫃，豈有這個道理？喜助底下還有一堆討好父親的下人，二掌櫃、三掌櫃，夥計多得是。那個惡鬼貫兵衛要是從這些陳人裡頭刻意提拔你做掌櫃，那你就是個極難得的奇才了。」

看上去不像。

形容起來，只是個外貌寒酸、骯髒的老頭子。

「是東家提拔小的的。」

「所以我爹他——」

「不，小的說的東家是您。」

「是我提拔你的——？」

「是。對小的來說，小津屋的主人就是貫藏二爺您。對小的來說，這家店從一開始就是您的。不，這兒就是您的店。」

「什麼？」

這家——店。

貫藏再次環顧四下。與之前並無不同。

「我爹——說要把店交給我嗎？交給——」

——他最瞧不起的二兒子？

有這種事嗎？

可是這是事實，阿龍接口說。

「老爺——去迎接二少東，當場說要把店交給您。然後兩人一起回來，立刻召集下人，當眾宣布，說從今日開始，貫藏就是這家店的老闆。」

「爹、爹說他要隱居——？」

那麼。

父親在和泉樓——

——等等。

確實，貫藏昨天——不，前年——被逐出家門後，前往常去的青樓。他要了包廂，叫了女人，喝得爛醉，然後——

然後。

然後怎麼了？

接下來就糊塗了。

然後父親就來了嗎？說要把店交給我。

那個根本不把人當人看的父親。

對著他最痛恨、還叫他去死的兒子。

「說——我是這家店的老闆？」

文作和阿龍點頭稱是。

「大夥都開心極了。原先也就是二少東在操持這家店的，所以不可能有人說話。老爺也說，過去之所以對二少東那樣不假辭色，也都是為了早點把您拉拔成獨當一面的商人，好讓您出去開分號。」阿龍說。

「開——分號？」

「這是後來聽說的，亡故的貫助大爺似乎不太會做生意。但他畢竟是嫡長子，總不能不把店交給他。相對地，貫藏二爺，老爺一直很肯定您的才能啊。」文作說。

「爹肯定我？這——我不信。」

「是真的。噯，但不管二爺您再怎麼有經商本事，也不能撇開貫助大爺，讓您繼承店裡。再說，這麼說是有些沒分寸，但憑貫助大爺一個人，實在沒法撐起這家大店。但二爺您的話，就有本事自力更生。」

——這是真的，阿龍也說。

「老爺說，只是他手段太過了。因為愈是嚴厲，二爺就愈發上進，所以不由得對您過分苛刻了。所以老爺說，發生了那樣不幸的事，大爺還因此喪命——雖然是件傷心事，但總算是不幸當中有了大幸。」

「大幸？爹說把店交給我繼承，是個大幸？成天咒罵我去死、滾蛋，事到如今還有什麼臉——」

——不是這樣的嗎？

是自己誤會了嗎？是嗎？

那。

「爹跟我——」

「沒錯。確實，去年鬧著要斷絕關係時，兩位確實是劍拔弩張，小的們都手足無措。貫助大爺過世後，店裡也一下子變得暮氣沉沉，大夥都覺得這下完了。當老爺帶著二爺一起回來時，實在是振奮人心，咱們都想：這下小津屋總算可以永保安泰了——」文作說。

——我，變成老闆？

變成小津屋的老闆了嗎？

「實際上，後來下人們也都打起幹勁，生意亦東山再起，買賣的事我不清楚，不過似乎愈來愈好。可是——」阿龍說。

「可是什麼？」

一切的元凶，都是那強盜啊——一直沉默的林藏開口。

「強盜——」

「害死貫助大爺的可恨強盜。」

「慢、慢著。唔，大哥過世是事實，錢也確實被偷了。可是因為這樣、所以我才——」

「是。」

林藏神情沉鬱。

「確實如此，但結果由於那起搶案，害得東家扛起了千斤重擔。」

「千斤重擔？你說——我嗎？」

怎麼回事？

「小津屋也因此危在旦夕——對吧，掌櫃的？」

文作垂著頭，應了聲「是的」。

「小津屋猶如風中之燭，夥計也全部走光——噯，也因為是這種狀況，二爺才會願意雇用小的這種來歷不明的傢伙。」

又——

不懂了。

「喂，這——怎麼會鬧成這樣？失竊的銀兩，通共是三千兩吧？」

三千兩和一只茶碗，林藏說。

「對。是放在那邊、內房裡的桐箱和千兩箱。說到三千兩，確實是不是一筆小數字，但咱們小津屋的產業之大，可不是這點損失就能動搖的。倉庫裡還有多到數不清的銀兩，更何況小津屋是家大商號，是有信用的。不可能只是因為被強盜搶了，顧客就不跟咱們打交道了，怎麼就鬧到店要倒了呢？」

壞就壞在茶碗，林藏說。

「茶碗？你說那只桐箱裡頭的東西嗎？」

「是。」

「那——是什麼？」

「東家連這都忘了嗎？」

貫藏——什麼都不記得。

「那只茶碗，是人家寄放的東西。」

「寄放的東西？」

「那是某位大名家的茶碗，來歷非凡，據說是太閤賞賜其祖先的物品。那位大名以這只傳家寶茶碗做為擔保，向小津屋借了三千兩的銀兩。擺在房裡的，就是預備要借給大名的三千兩。」

「原——原來如此。」

是這麼一回事嗎？不——

「就像二爺說的，小津屋多的是錢，因此儘管遇上橫禍，卻仍舊依約借出了三千兩。送錢的

是當時的掌櫃喜助。說的也是，不管遇上竊賊還是強盜，那都是小津屋的事，與對方無關。既然答應了人家，錢不拿出來，對方肯定也很焦急，因此小津屋還是出於一片好意，依約借了錢出去。」

「可是，要是調了這麼大筆的頭寸——」

——不。

如果有這樣一段經緯，貫藏確實不會知曉。

自從父親臥床，貫藏半迫於無奈，扛起了店裡的事務，但並未一一檢視過去的字據和帳本。

「當初說好借款十個月。然後年關過去，二爺繼承了店裡，就像阿龍說的，家裡店裡，一切順順當當，一段日子後——」

大名派使者來了，林藏接著說。

「依約來還款了。」

「那——」

「但是，該歸還的擔保品茶碗——早已失竊。」

——這。

「呃，喂，既然東西被偷，應該通知對方才對吧？難道——沒有說？」

「是的。」

「為、為何不說？」

東家應該知道原因啊，文作說。

「老爺因為貫助大爺身亡，悒鬱不起，實在沒功夫管這些。不是——這樣的嗎？」

「啊——」

「遭竊之後立刻通知也就罷了，但事情都過了半年，才說什麼抱歉，東西被偷了，這可說不通。也無從掩飾，因為如此珍貴之物，不可能找得到替代品。對方也非欠債過期，反倒是提前還款了。對方——似乎大為光火。」

「這——」

——這太荒唐了。

「那、那我怎麼了？」

我應該想法子了吧？貫藏問。既然如此，應該不打緊。雖然毫無印象，但只要自己出面，一定——

「事情鬧得不可開交，結果搞擰了，短短一個月之間，店一眨眼——」

「等、等等，這豈不奇怪？」

我——都在做些什麼？

「一眨眼就衰敗下來了。」

「所以下人也紛紛辭去嗎？跟大名起糾紛，怎麼會搞到生意做不下去？」

「傳出了壞風評啊。噯，生意上的敵手，總是虎視眈眈等待著落井下石的機會。」

做生意這回事，是講勢頭的——林藏說。

「遭強盜、嫡長子遇害、當家的積鬱臥床、還鬧著要斷絕父子關係——若是有機運這種東西，這簡直是糟到不能再糟了。人們會想，這家店從裡到外，是敗壞到不行了。」

確實如此。

小津屋的支柱早就爛到骨子裡了。這家店原本便已曝露出衰相。都怪父親的作風過於強悍，手腕不夠高明。

「然後——貫藏二爺回來，成了新主子，就像阿龍說的，原本衰敗下去的店，也漸漸起死回生，但還是沒法兩三下就穩若泰山。真正是苦了東家。」

不記得。

這些種種，他毫無印象。

「就在這時——竟起了這場風波，形同給了仇家上好的機會。好不容易撐過來的店，也在轉瞬之間——」

「下人也紛紛離開——」

「慢著、先慢著。我真的——」

——什麼都沒做嗎？

我猶豫了嗎？是在猶豫嗎？還是。

「東家收留小的那時，店裡總共只剩下十二名夥計。」

只剩下——那麼少？

「是。喜助兄雖然努力頂著，但後來也打了退堂鼓，說想盡快求去。」

「生意方面，似乎也山窮水盡了。」

「大名家的使者也天天上門——」

「所以老爺——」

懸梁自盡了，文作說。

「什、什麼？」

「不出幾日，喜助兄也追隨老爺一起去了。」

「然後——這回又是東家不省人事。」

「我是在這樣的情況中——？」

「是的。東家替老爺辦好了後事，也幫喜助兄治了喪，然後說要跟對方做個了結，出了門，不想——」

「到底——是怎麼回事？」

自己究竟在想什麼？

不，難道是我，

把父親——

這是貫藏自己一手策畫的嗎？

或者是——

否則。

「二少東昏迷了好幾日，都不見轉醒，這段期間，店裡的夥計從上到下，全部辭光，現在——」

就剩下這兒這幾個了，阿龍說。

這是作祟，是災禍啊——林藏接口道。

【參】

這不是祈禱能夠治癒的，那名男子說。口音不同。似乎不是此地人。

貫藏仍是糊里糊塗。

倘若聽信文作等人的話，那麼貫藏失去了將近一年的記憶。

他們說，這段期間，貫藏與父親冰釋前嫌，繼承家業，成了小津屋的老闆。

然而，貫藏卻怎麼也想不起如此說明的文作這個人。不，他根本不記得這個人。聲稱救助了在外昏倒的貫藏的林藏，他亦毫無印象。

只有阿龍這名女傭，似乎有那麼一絲面熟，但也不確實。

他們說，父親亡故，店鋪面臨存亡危機。

還說——

這一切，全是肇因於那天的慘劇。

喝了溫開水，吃了米湯，總算穩定了些，但腦袋深處依然作痛不止，全身關節也難受極了。

眼前坐著來路不明的男子。

男子自稱六道齋。

將徘徊於生死關頭的貫藏招回來的，似乎就是此人。

連大師也沒輒嗎？文作問著。

「這——沒輒吶。喏，林藏應該也告訴過你，咱六道齋所行之事，是起死回魂。法力所及，僅止於將六道路口迷惘不知所去之人喚回此世。消亡前夕的性命，還能夠挽回——但遺忘的過去，很遺憾，無法讓人再次憶起。」

「那麼，東家就一直這樣下去嗎？」

這倒不必擔心，六道齋說。

「一旦記住、見聞之事，便不會從腦袋裡消失。自呱呱墜地，至溘然長逝，皆永存腦內。直到死後踏上六道其中一道，都會切切實實地留在心裡。只是——」

久遠的記憶，會逐漸變得不真切，六道齋說。

「像是兒時種種，有時——或許再也無法憶起。」

「喔，到了小的這把年紀，老早以前的事，實在是完全迷糊了。」

「不過，有時也會某一天，冷不防地一清二楚地想起——你是否也有過這樣的經驗？」

啊，文作睜大了那雙小眼。

「如此說來，前陣子我忽然想起小時候聽過的童謠。原本早就給忘了，卻不知為何，一字一句，全想起來了。」

「就是這樣。遺忘，並非失去。聽好了，比方說，家裡的東西失竊了——這就是失去了，任憑你翻遍屋子上下，也不可能找得著。不過，如果只是忘了收在何處，只要找，終有一天會找著。」

「那麼，大師是說，東家總有一天會想起來？」

「有朝一日，必定會。」

「那會是什麼時候呢？」

這就不是貧道所能參透的了，六道齋說。

「倘若家當不多，找起來也容易；但東西愈多，找起來也耗時間。若是井井有條，也容易著手找起；但若是亂成一團，那可就難辦了。二爺的腦袋裡頭，現在是一團亂麻。」

應該就如同他說的。

亂成一團。

全然不知該從何著手。

要是有點頭緒就好了，六道齋交抱起手臂，蹙著眉頭說。

「頭緒？」

「文作先生，你是碰巧想起那首童謠的嗎？」

「這個嘛——」

文作歪頭尋思了一陣，片刻之後說「是南天竹」。

「我也不太清楚，不過是看到正月裡裝飾的南天竹，忽然就想了起來——到底是為什麼呢？南天竹不是什麼罕見的玩意兒，歌詞裡頭也沒有提到南天竹。」

應該是在某些地方有關聯吧，六道齋說。

「也許是你在孩提時候，看著南天竹唱兒歌，或是學唱的時候附近剛好有南天竹——唔，是幾個條件剛好湊齊了吧。總而言之，就是這麼回事。因此二爺若是也有某些——」

某些——

六道齋盯著貫藏的臉。

「細瑣的小事也行，應該有某些線索才對。」

「線索——？」

「二爺並非忘了一切。記得的事情裡頭，必定就藏著第一個線索。」

被斷絕關係以前的事，貫藏都記得。

卻渾然不記得父親曾向他謝罪。

那麼——

還有一個，六道齋豎起食指。

「二爺倒下當時的狀況，應該也是某些線索。」

「不。」

這件事貫藏毫無印象。徹底從記憶中消失了。

「林藏兄說，東家是在堂島的米會所（註9）前的大路上，突然直挺挺地向後倒去。當時偏巧不巧，後腦勺就撞在路旁的大板車把手上頭。」

貫藏摸了摸後腦勺。

沒有傷，但覺得痛。

「然後——就這樣——」

六道齋點了點頭：

「二爺就這樣昏了過去。那一帶車水馬龍，還有早飛腳（註10）頻繁來去。大坂人總是匆匆忙忙，有東西掉落地面，也不屑一顧。幸虧剛好走在後頭的林藏先生趕上來扶了二爺一把，否則弄個不好，二爺可能已經被活活踩死了呢。」

「我才沒那麼——」

註9：米會所是江戶時代負責經營米穀交易的機關。

註10：飛腳是江戶時代的人力快遞，有官方亦有民間的。早飛腳類似特急快遞。

糊塗——貫藏話說到一半，又吞了回去。

自己就是這麼糊塗吧。

「總之，二爺不省人事，被放到門板上抬了回來。這位文作掌櫃——」

「小的真是嚇壞了。真正是嚇得面無血色。要是東家有個什麼三長兩短，這小津屋真的要完蛋。小的立刻叫了大夫，盡了所能想到的一切法子——」

「二爺卻怎麼也不醒來。」

「是啊。為了救醒東家，小的能花的也花了，能做的都做了——」

「三個月過去，連年關都過了。」

「是啊，這三個月之間——」

原本留下的下人也都走光了，文作說，垂下頭去。

「小的再三挽留，卻是心餘力絀——」

「這——也是沒法子的事。」

換成貫藏也會離開。在文作說的那種狀況下，店東又病倒的話，顯而易見，這家店已經窮途末路了。

「於是——貧道被找來了。」

「給我招魂是吧？」

貫藏也沒有踏入鬼門關的印象。

全無記憶。

即便叫他想起來，也莫可奈何。就好像拿張白紙在他眼前，問他上頭畫了些什麼一樣。

貫藏搖頭。

一搖，頭便跟著痛。

被逐出家門之前的事，都還想得起來是吧？六道齋問。

「也不是想得起來，應該說——那之前的事都沒有忘。」

自從那之後，真的過了快一年嗎？

換言之——可疑的祈禱師忽然拉大了嗓門說。

「二爺想不起來的，是與令尊言歸於好之後的事。」

唔，應該是。

「也許——二爺是不願意想起來。」

「怎、怎麼會？」

他不可能不願意想起。

「喔，我這只是打個比方，絕非有意冒犯。比方說——這只是打比方啊——當發生了某些令人心虛的事，人就會想要忘掉它的起因、希望根本沒有這回事。但一般情況，也沒法子說忘就忘——」

「什麼叫心虛的事？」

這——

所以說，這只是打比方而已，祈禱師舉手聲明。

「這是假設二爺，呃——有事瞞著老爺。還有，或許二爺其實並不願與老爺言歸於好。」

「這怎麼可能？」

如果父親真的向自己低頭賠罪——

這。

——不。

不管怎麼樣，該道歉的還是父親。他為人父母，卻不把孩子當成孩子呵護。一直以來，貫藏被這樣一個苛刻無情的人養大。貫藏總是逆來順受的那個。

是父親不好。還有大哥。

大哥——

——死了活該。

是天譴。要是父親真的死了，那也是天譴。

對，所以我才刻意沒有說出來。

一定是這樣的。我是故意要為難父親，逼他鬱結而死的，不是嗎？

沒錯，就是這樣。所以——

「什、什麼隱瞞？你說我怎麼會不願意？我、我才沒做什麼虧心事！」

貫藏怒斥。

「淨是在那裡胡說八道，攪得人煩死了。我不知道你是祈禱師還是什麼鬼東西，少在那裡瘋言瘋語。老頭，你也是。我根本不認得你！」

貫藏抓起枕頭惡狠狠地扔過去，文作把額頭貼在榻榻米上賠不是。「滾！給我滾！」貫藏繼續吼道。

小的該死，請東家息怒！文作嗚咽地說。六道齋那張臉困窘地歪起，低頭說了聲「貧道失禮了」，幾乎是用拖的把文作帶了出去。

獨留貫藏一個人。

——不論是真是假。

都無所謂。父親是真的死了吧。

貫藏瞪著牌位。

心想：大快人心。

——誰叫你。

誰叫你瞧不起我？

痛快，真痛快。

父親是走投無路、失意潦倒、痛苦不堪，在絕望中死去嗎？

話說回來，那只茶碗——

——真正是歪打正著啊。

「二少東——」

一聲細語呢喃，嚇得貫藏五臟六腑全縮了起來。

轉頭一看，紙門打開約三寸（註11）寬，露出阿龍的半張臉來。紙門無聲無息地滑開，阿龍半身擠進了門檻。

「二少東，二少東真的——」

——怎麼了？

愁眉淚眼的。

把我也給忘了嗎？阿龍說。

「沒有——」

不。貫藏忘了。不過。

「我會一個人留下，是——」

不要。

不要用那種眼神看我。

貫藏垂下目光，同時一道淡影罩上阿龍身後。

再次抬頭，只見林藏站在女子後方。林藏右手輕觸阿龍肩膀。

阿龍回頭仰望了林藏一眼，身子後退，而林藏閃避似地進了房間，反手關上紙門。

「做什麼？不是要你們讓我靜一靜嗎？」

「是，文作叔整個人洩了氣吶。東家，我說我呢，情勢使然，留在這兒幫忙一些雜事，不過說起來只是個外人。所以我就不拘身分，暢所欲言了。二爺啊，這樣下去——阿龍實在有點可憐吶。」

「你、你知道什麼？」

林藏的腳底滑過榻榻米，湊近貫藏身邊，無聲無息地正襟危坐。

「她——是二爺勾搭上的人呀。」

「嗯——這樣啊。」

總覺得應該是。

「而且不是玩玩而已，而是發誓要共結連理的關係呢。」

「什麼？」

——我。

說要娶她進門嗎？

「這事女方實在不好開口，所以我才替她說。阿龍說，二爺曾跟她說過，待一切順利成功，定會娶她為妻。」

註11：日本尺貫法單位，一寸約三·〇三公分。

「這不像我會說的甜言蜜語。」
「可別想敷衍過去。二爺，阿龍說，您後頭還接了這麼一句：所以妳再等會兒吧。」
等——
一切順利成功，這是在說什麼呢？林藏說。
「等，又是要等什麼呢？」
「這還用說嗎？那當然是——」
「沒錯。我呢，一開始也以為是指茶碗一事。家宅遭竊，觸了楣頭，又為了茶碗起風波，生意也每況愈下，這實在不是論嫁娶的好時機。因此依常理來想，自然是二爺有個好法子，可以跟對方好好了結這事，洗刷汙名，讓生意重上軌道，所以叫阿龍等到那時候——不過呢，待我細細問過阿龍，發現——似乎不是這麼一回事。」
「不是嗎？」
「我覺得不是。二爺勾搭上阿龍，是去年夏天以前的事。而剛才二爺那番甜言蜜語，卻是一連串麻煩剛發生時對她說的。」
「剛——發生時？」
「沒錯。要歸還早已沒有的東西，確實是難題一樁。不過當時跟對方還沒有鬧擰，生意也順順利利，倉庫裡也有的是錢。在那個時候，任誰也想不到小津屋會為了這件事江河日下。既然如此，事情就有些不同了。」

「怎麼個不同法？」

「那當然不同囉。雖然發生過種種不幸，但在那個當口兒，生意是一帆風順。若說那階段有什麼不順遂，那就只有一椿——沒有茶碗可以歸還。」

「這又怎麼了？」

「亦即，在那個階段——大名上門興師問罪的時候，二爺內心已經有了讓事情順利成功的算盤——是不是這樣？」

——原來如此。

應該有。不，確實有。

然而——林藏接著說。

「然而，二爺什麼也沒做。老爺都懸梁自盡了，二爺還是一句話也沒說。」

「是啊。」

「大掌櫃喜助死了，店裡的夥計一一求去，二爺這才——總算有了動作。在我看來，就是如此。」

「就是如此吧。」

「這又是為什麼呢？」

不曉得，我全忘了啊，貫藏答道。

「這樣嗎？不過阿龍說，二爺還這麼對她說過——」

就算這家店垮了也無所謂——

「垮了——也無所謂？」

「阿龍說，二爺說即便店不行了，也甭擔心，把店面、土地、家當全賣了，看要去江戶還是哪兒都行，一起逍遙過日子。」

沒錯。

店倒了他也不在乎。

「原來如此，我懂了。」

「二爺想起什麼了嗎？」

「不是想起來，我是說我懂了。你是叫——林藏是吧？多謝你來告訴我這些。這下我終於明瞭一切了。我啊——」

——根本就沒有原諒父親。

貫藏在心裡頭嗤笑。接著望向林藏。這個叫林藏的——

——不能掉以輕心。

「那，你又在打什麼主意？」

哪有什麼主意呢？林藏答。

房間已然昏暗。林藏的面目顯得模糊。

「不過，因為二爺這樣說，阿龍才留了下來。一般早就一走了之了。這家店——雖說還沒有

垮，但也不行了。只靠著我跟文作叔挖空心思，勉強撐著門戶。先前說的那個大名，也只是因為店主人昏迷不醒，暫且不作聲罷了，要是有了什麼行動，這家店是不堪一擊。嗳，萍水相逢的我，會像這樣留在這兒收拾爛攤子——」

林藏將模糊的臉孔湊近貫藏。

看不出眼鼻。只有嘴唇掀動。

「——也是因為瞧出了背後的花樣啊。要是覺得啥都沒有，我也不會來多管閒事。這樣一艘滅頂在即的船，上了也是平白損失。」

後頭，是否繫了另一艘四平八穩的大船？兩片薄唇說道。

「我就是在等它登場。」

「真了不起的居心。原來你救人，是出於這番精打細算。」

「怎麼這麼說話呢？這是一片好心。雖是好心，但收個謝酬也不為過吧？」

「謝酬？你想要多少？」

狡詐的傢伙。

房間益發昏暗了。

開始有點冷了。

「嗳——我就是承望那謝酬，才會甚至找來那樣的祈禱師，無微不至地照顧二爺到今天啊。

但這下——我覺得可能要落空了。」

早已化身一團黑影的林藏說道，直起上身，從貫藏身邊退開去。

「落空──？什麼意思？」

「這──」

真的不是天譴嗎？林藏說。

「天譴？怎麼會？」

「二爺，你──是不是被什麼東西給作祟啦？無緣無故昏倒、昏睡了三個月都不醒、忘了重要的事，這──是不是某種業障？」

──業障？

「是啊。我可是親眼瞧見二爺倒下的樣子了。那模樣實在不尋常。就彷彿痙攣似地──不，就像是被雷給劈中似地，說倒就倒。我打聽了一下，卻都說二爺很健康，向來沒病沒痛的啊？」

──作祟？

「我──」

我知道，林藏的黑影說。

「二爺要說，你沒道理受業障纏身，對吧？就是啊，沒有人會認為自己做了歹毒的事，即便做了，也不認為那是多壞的事。縱使認為，也不會說出口來。可是啊二爺，世上呢，是有無端生恨這回事的。」

「無端生恨？」

「我——」

可是知道的，林藏沉著聲音說。

「即便無冤無仇，人死後還是會出來作祟。不論是衣食無虞、安享天年並壽終正寢的大富翁，還是幸福圓滿、遂心如意地長眠離世的人，仍會為了不值一提的瑣事留下執著。比方說——只是未能留下遺言，人就會陰魂不散。」

「遺言——？」

可不是什麼大不了的遺言啊，林藏恫嚇地說。

「臨終之際，沒能跟親人說句謝，就為了這麼一句話，人就會迷失。迷失歸來的話，那已經不是人，而是亡魂了，人的道理是說不通的。」

想要表達謝意。

就連這樣的溫情，也會適得其反。

「未能說出、沒能傳達這麼一句話，這樣的遺憾凝聚成鬼。就連這樣的事情，也能把人變成厲鬼。」

如何？林藏問。

「什麼如何？」

「故去的老爺，好好地留下遺言了嗎？」

「我、我不知道。」

貫藏連父親過世都不知道。但是。

「爹不是自己尋死的嗎？不是生病或受傷，那起碼也會留張字條吧。或許他是心有憾恨，但也——」

——不至於懷恨於我嗎？

他可沒道理來恨我，貫藏說。

「唔，或許吧——那麼，對了，那臨終水（註12）怎麼了？」

「臨終水？」

「即便是對今生毫無眷戀的人，若是沒給他喝送終水就送走的話——」

這也——

會回來的。

「回來？」

「是啊，死者就得按著規矩，好好地送走才行。這戶人家這陣子連續走了幾個人吧？如何？二爺，請仔細回想。你亡故的令兄、令尊，還有前掌櫃，三位——都好好地送走了嗎？難不成——」

有何疏漏之處？林藏說。

【肆】

貫助的屍體無論如何都不肯闔眼。

嘴巴也張著。

眾人口口聲聲，說必定是太苦、太不甘了。

貫藏也覺得應該是。

被錢箱毆打，再被掐住頸子，漲得滿臉通紅，口角冒泡，額頭青筋暴突，眼白也鮮紅充血，指頭空虛地划抓半空，屎尿齊流，發出不成話也不成聲的嗚咽——

大哥就是這樣翹辮子的。

一定很苦吧，一定很不甘吧。

不過，貫藏覺得大哥其實是吃驚。

那個膿包，八成直到斃命前一刻，都壓根兒沒料到自己要沒命了。就是這樣一張表情。

否則。

那死相也太存心跟人過不去了。

不管怎麼樣，貫藏都不想看。因此大哥的屍體，他只瞥了一眼而已。

沒錯。

註12：日本傳統習俗中，會以水濕潤臨終或剛死的人的口唇。也稱送終水。

因此。

貫藏沒有餵大哥喝下臨終水。

這一帶的習俗，會由親人喊著死者的名字，以榕葉汲水，滴入死者口唇。除了父親以外，貫助的親人就只有貫藏，而父親又憂愁病倒，這差事自然便落到了貫藏頭上。

當時——

店裡還有許多夥計，生意欣欣向榮，也有許多客戶，因此有不少弔客上門。

葬禮也辦得相當隆重。

當然，葬禮依著規矩禮法進行。

但是。

貫藏沒有把水滴入大哥鬆垮半張的口中。

因為他覺得不痛快。

也不想正視那雙依依不捨、不願闔上的混濁眼睛。

所以貫藏假裝餵死人喝水，讓水流掉了。

——活該。

他想。看見清水沒有入口而是溢出，沿著屍體青筋畢露的濁黑頸脖流淌而下，貫藏——暗自竊笑。

這一幕——

沒錯。那個女人看見了。
對了。就是那個女人。
——是阿龍。
阿龍在大哥的葬禮時，就已經進來做事了。
而貫藏不小心竊笑的模樣，被她給瞧見了，不是嗎？
——所以我才搭訕她嗎？
不，所以才籠絡她。肯定是的。
或許籠絡她之後，貫藏也動了情——但這些他已經記不得了。
怎麼了？林藏問。
「難不成二爺真的——」
「哪有什麼真的假的，少在那裡瞎說胡扯。死人就是死了才叫死人，誰曉得什麼臨終水白開水的，說起來，屍體哪會喝什麼水？更何況，世上根本沒有什麼幽靈——」
「不，世上有幽靈。」
「有？」
「有叫做遺言幽靈、水乞幽靈的。」
「就算真的有，也沒理由找上我作祟。」
——有。

理由多如牛毛。

「二爺，你聽著，通曉仁義之人，在世之時的所做所為，就形同遺言，因此不需要在臨死之際特地留下話語。」

俗話說，心繫花花世界，永世不得超生，林藏說。

「這真正可憐可憫。我聽說即便是臨終水，篤信佛法而逝之人，死後亦將蒙受甘露澆灌，滋潤枯竭之身。因此慈悲為懷，深諳佛法之人，死後無論如何絕不會迷失。不過反過來說，並非如此的人，就會迷失。會失途徬徨。」

這也就是無端生恨，林藏說。

「不論是迷失、陰魂不散，皆是自身之故。是迷失的死者自個兒要迷失的。然而橫遭作祟的卻是生者。雖然實在是無妄之災，但就是這麼一回事，二爺。」

縱然心裡頭全然無底，依舊會遭到作祟。

更遑論心裡頭有底——

「你、你到底想說什麼？」

「我的意思是，倘若是二爺心頭裡有什麼底——就得盡快設法才行。萬一二爺遭到冤魂作祟，我也要蒙受池魚之殃。」

那可令人消受不起，黑影說。

「別笑破我肚皮了。原來你這小子這麼沒膽。不管作祟的是父親、大哥還是喜助，親人都只有我一個，與你又有什麼相干？」

「話不是這麼說。倘使二爺有個什麼閃失——」

我的好處可不全要泡湯了——？

「二爺，你已經有了計較，縱然這家店倒了，也不必擔心，對吧？」

「計較？」

那是——

「就算——真有這事好了，我不知道你說的什麼作祟還是幽靈的，但它們會來礙事是嗎？」

「事實上不就來礙事了嗎？」

「你說我昏倒的事嗎？可是你看，我像這樣醒過來了。雖然不知是不是那個叫六道齋的法力之故——」

有事瞞著老爺——

其實並不願與老爺言歸於好——

囉唆，住嘴！

「是——啊。可是二爺，你不是忘掉了許多事嗎？像是老爺過世，還有阿龍的事。可見得——那些亡魂還在礙著你，不是嗎？」

「這——」

「我擔心的，是二爺是不是連那最重要的計較都給忘了。如何？二爺。就算這家店倒了也不

怕、還可以帶著女人去江戶逍遙過日子的如意算盤——」

你可還記得？林藏問。

——豈止記得。

貫藏瞪住了黑影。

怎麼樣？這傢伙派得上用場嗎？

他察覺多少？掌握了什麼？

漆黑的陰影，不知為何像是在笑。

「這——不勞你操心。」

貫藏說道。他立下決心了。

「喂，你叫林藏是吧？我不知道你到底打探到多少，不過那個——大名是嗎？那邊已經沒事了。這家店現在是怎麼個情形，我不曉得，不過這麼一家破店，就丟下它別管了。我問你，現在倉庫裡頭都空了嗎？」

都空了呢，黑影答道。

「有欠款嗎？」

不少呢，黑影答道。

「賣了這家店、這塊地，還不夠還嗎？」

「那樣的話——應該夠。不過茶碗可怎麼辦？對方說，那是無法用金錢估量的家寶——」

「就說那件事甭擔心了。只要把茶碗還回去，借出去的三千兩金子就會回來吧？」

「這是自然。畢竟對方一度上門要還錢——可是二爺，這——」

——原來如此。

他就只知道這些。

「我清楚了。林藏啊，你可否稍微助我一臂之力？放心，我絕不會虧待你。」

「一臂之力？只要能效勞，一臂兩臂都不是問題——」

很簡單的，比三歲孩子跑腿還容易，貫藏說。

「愈快愈好。什麼作祟、詛咒，攪得人心煩得受不了。我不知道混帳老頭跟蠢蛋大哥是沒死透還是出來搗鬼，總之都是可悲的執著。就像你說的，要是他們真的迷失，也是迷失的人不對。那個貪婪的老貨、還有無能的膿包，就算迷失，也不關我的事，也別妄想我會祭拜超度他們。咱們就盡快把一切收拾乾淨了吧。」

沒錯。

不對的是大哥。是父親。不關貫藏的事。那種人——

——永世不得超生。

不。

——豈有讓他們超生之理？

「這樣——就好了嗎？」

「什麼？」

「就是，二爺真的沒有任何要對令兄賠罪、或隱瞞老爺的事——你是這個意思嗎？」

「我才要他們賠罪哩！」

貫藏瞪住牌位。

「那、那個冥頑不靈的老頭，只是個被欲望蒙蔽了眼睛的蠢貨。而大哥這個懦弱的廢物，只知道大搖大擺地坐在父親為他鋪好的墊子上。我恨死他們兩個了。他們死了，大快人心。你要知道，我之所以忘了這一年的事，不是因為作祟，也不是什麼詛咒。告訴你，我只是無法接受我跟那個混帳老頭和睦相處的事實。不管他再怎麼賠罪、磕頭，我都絕不會原諒那個昏庸的老東西。叫我怎麼原諒他？不，要是你說我真的原諒他，跟他搞什麼父慈子孝，那都是裝的，只是表面、是假相。所以——我根本不想接受。只是這樣罷了。」

「既、既然如此——」

你自己不也是個惡棍？貫藏說。

「假意親切，其實只是奢想能弄到幾個銀子花花，才會賴在這裡。不對嗎？」

林藏沒有回話。

「不必你說我也知道，你那張臉啊——」

雖然貫藏什麼都看不到——

「就是張惡棍的臉。既然如此，我告訴你一件好事吧。」

殺了大哥的，就是我，貫藏說道。

是我，用這雙手，把大哥給掐死的——貫藏說，笑了。

「搬走三千兩，偷走茶碗的也是我。」

貫藏站了起來。

「那個時候，那個混帳老頭為了生意上的事情挑剔我，叫我去跟遠方的客戶低頭賠罪。回來一看，那個飯桶、蠢才大哥、王八貫助，就在——喏，那裡頭的房間裡，裝模作樣地坐在那兒。」

大哥在笑。

「一個勁兒地傻笑個不停。我再也忍無可忍了。貫助根本是個空腦袋。他的人生就只有吃喝拉撒，根本毫無意義。他活在世上就是多餘。所以我一把抓起堆在旁邊的錢箱，朝他頭上招呼過去。」

惡狠狠地。

「那個傻蛋，眼睛睜得老大。然後他想出聲，所以我用繩子勒住了他。瞧他，漲得滿臉通紅呢。」

難看死了。像什麼樣？

只是你太傻——

真敢說。傻的是你才對。

手腳在那裡亂揮亂蹬，簡直就像隻螻蟻啊，大哥。就像被人一把捏扁的螻蟻啊，哥。

居然兩三下就給宰了，傻啊傻，傻到家啦。傻的是你才對啊，貫助。

——痛快極了。

「然後呢，我殺了他，了結他的性命之後，發現了一件事。那個傻子，是在房間裡看錢呢。父親把店裡主事的幾個人都帶出去了，店裡頭沒人，所以他在看著那三千兩。真是隻沒用的看家狗，連點屁用也沒有。」

貫藏踹了大哥好幾腳。

「我啊，為了讓世人知道這傢伙有多孬、是個連看家都不會的廢物，才把錢給藏起來的。當時我順手把擺在一塊兒的桐箱也給藏起來了。因為那東西看起來頗值錢，原來裡頭裝的就是那茶碗啊。我不是想要才偷它的，錢，也不是想要才拿的。」

「原來——東西沒有失竊嗎？」

「只是藏起來而已。」

貫藏低頭看腳下。

「就在這兒。」

他伸手指示。

「贓物全都在這個家裡頭，是嗎？」

「廢話。那麼重的東西，我一個人怎麼扛得動？一箱也就罷了，三千兩的話，也很占空間。

而且當時大白天的，馬路上、廚房裡都有人，搬著那些箱子，豈不招搖？我沒有偷，只是藏起來了——」

掀開榻榻米，挪開地板，藏在簷廊底下。

故意就擺在貫助的屍體正下方。

衙役也不會去查那種地方。狀況明擺著錢被偷了，既然被偷了，理所當然，絕對是搬走了，那麼就不會認為贓物還在家裡，而且是在屍首底下。不可能想到。

不出所料，事情未曾敗露。貫藏沒有引來一絲懷疑。

「所以，茶碗就在這裡，三千兩也一文不少。那麼，只要把茶碗還給那個大名，拿回三千兩，通共就有六千兩了。如何？這——不是可以供人吃喝玩樂一輩子的數目嗎？」

「可是二爺——」

既然如此，為何——林藏問。

「為何不立刻把茶碗拿出來呢？是因為害怕被人知道是你殺了親手足嗎？不，就算隱瞞這部分，應該還是有辦法，怎麼樣都能掩飾過去。只要有了茶碗，店也不會衰敗下去，應該可以把小津屋從困境裡頭解救出來。老爺也不至於上吊自盡——」

「就是因為這樣。」

「就是因為這樣——？」

「我才要把它藏起來。」

「那，你是要把老爺——」

「沒錯。把東西藏起來的時候，我根本不知道那桐箱有那麼大的來頭。既然知道了——我必定會這麼做。」

沒錯。我——

痛恨父親。

「我肯定是把它當成了千載難逢的好機會。我一定是想要把那個混帳老頭逼到走投無路，把他折磨個半死，讓他走上絕路。」

「真的——嗎？」

「這些事我全都忘了，不過沒別的可能了吧？事實上老頭不就死了嗎？那個看了就有氣的狗腿喜助也死了吧？這豈不好笑？」

沒錯，一定是這樣的。

就是這樣的計謀。

這家店的逆境，就是貫藏招來的。與其說是招來，這根本是貫藏設下的圈套。除了在堂島昏倒一事之外，一切——

都是刻意安排。

「然後——把礙事的人一一除掉，把店搞垮，拋開一切束縛，我打算帶著那個叫阿龍的姑娘，離開去別處逍遙過日子吧。也可能打算連她一起收拾了——」

是這樣的嗎？

——都無所謂了。

「可是二爺，雖然這麼說，但老爺不是向你賠罪了嗎？都向你下跪，誠心誠意賠不是了，還把家業交給你了。你跟他應該已經前嫌盡釋了啊。然而你——」

「不相干。誠心誠意？別笑破我肚皮了。我什麼都不記得，可見得那是噁心到教人想忘掉的事吧。就算老頭真的向我道歉，我終歸也只是大哥的替身。那老頭才不可能有什麼誠心。」

「這是——你的真心嗎？」

黑影倏地站了起來。

「你是——真心這麼想嗎？」

「廢話。」

「二爺——不，貫藏，這兒是緊要關頭，你可要聽仔細。我再問一次，你真的、是真心這麼想的？」

不知為何，林藏的黑影似乎龐大了一倍。

「你到底要說什麼？」

「不，你現在正站在岔口上，貫藏。你剛才說的話，一字不差？不是意氣用事，也不是逞強逞能？」

這傢伙胡說起什麼來了——？

「這確確實實是你的真心吧？是嗎，貫藏？」
林藏揚聲問道。
「囉唆，我沒有撒謊！我幹什麼要撒謊？我殺了大哥，偷了錢，害死了爹，這有什麼不對？那些爛人，死有餘辜！活該上吊！爹向我道歉的事，我連想都不願意想起來，不過他掛在梁上的模樣，想不起來實在太可惜了。痛快，痛快啊！」
貫藏笑著。
「喂，別杵在那兒了，快點爬進簷廊底下，把金子跟茶碗挖出來。我可以賞你個一百兩。」
「我明白了。」
林藏轉向一旁。
「無論如何，你都如此聲稱就是了。既然如此——」
就把死人還給你吧。
什麼？他說什麼？
「你說要還我什麼？」
「張大眼睛仔細瞧吧。這是叡山七不可思議，時節外的浮世六道亡者之舞。」
紙門「唰」一聲打開來。
外頭坐著手持燭台的六道齋。
「貧道這就呼喚迷途亡魂。」

相連的隔壁房間冒出一道深濃的黑影。

六道齋舉起燭台。

在火光中幽幽浮現的——

是——父親小津屋貫兵衛。

「啊、爹！」

「我聽到了，貫藏。」

全都聽到了。

原來就是你幹的。

「所有的一切都是你害的！」

「爹——」

「貫藏！」

「啊——！」

貫藏發出不成聲的慘叫。

所以不是勸過你了？

「遺言不能不聽，臨終水不能不授——」

語畢，林藏轉過身子，略略回頭道：

「如此，金比羅終焉矣。」

【後】

他真是個糟糕透頂的傢伙，阿龍說。

「我從去年秋天就一直看著，真正教人嫌棄到底。」

阿龍已經除下女傭的裝束，換上了賣花女的打扮。當然，這也不是她的本行。能夠混進任何地方、化身各種人物，橫川阿龍就是這樣一名奇女子。

一接到委託，阿龍立刻潛入小津屋，觀察貫藏的一舉一動。

林藏嗤之以鼻：

「內在姑且不論，回頭想想，他也算是相貌堂堂，其實妳心裡頭也沒那麼厭惡吧？隔著紙門的那場戲，實在是爐火純青吶。對吧，文叔？」

林藏打趣地說。

就是啊，文作也跟著起鬨：

「那流盼的眼波實在折煞人啦。千嬌百媚地說什麼：二爺忘了我嗎？普通男人被這樣一睇，有哪個還捱得住？就連我這把老骨頭，都要骨軟筋酥囉。」

討厭啦，文作叔就愛取笑人，阿龍輕戳文作的肩膀。

「可是文作叔，那個二爺是怎麼昏倒的？你在和泉樓——把他給怎麼啦？」

「沒什麼啦，這就——」

是在酒裡頭下了毒啦，林藏說。

「下毒！太可怕了。」

「很可怕的，會死人的。」

喂，你給我慢著，阿林，文作不服氣地說。

這名男子——當然也不是小津屋的掌櫃。

他諢名祭文語文作，是個惡徒。

據說是讚岐一帶出身，但詳情林藏也不甚清楚。平時似乎居無定所，四海漂泊，不過和林藏一樣，在一文字屋仁藏手下做事，幹些見不得光的勾當。

文作有時會像這樣協助林藏的差事。

「我說阿林，那不是毒，是藥好嗎？你那樣說，豈不是要教阿龍小姐誤會嗎？阿龍小姐，我可是個心地善良的好老頭，才不會幹什麼殺人害命的可怕勾當。所以說，那只是一種懵藥。」

「什麼懵藥，聽了教人說不出話來。告訴妳，這個文作老頭摻的，是少少一滴，就能教人昏睡一整天的可怕玩意兒。就連醒來之後，腦袋也要糊塗個老半天，什麼事都沒法想。不僅頭痛，全身關節也痛，就像是難受好幾倍的宿醉。」

居然有這樣的毒啊，阿龍欽佩地說。

「就說不是毒了，是藥。」

「哼，藥是有益身體的東西，有害身體的就叫做毒。再說，什麼樣的藥，吃多了都是毒。就是水還是油，喝多了也照樣要死人。」

「不管是毒還是藥，居然有這麼方便的東西呀。」

「阿龍，這個老頭子啊，可不是白住在荒山野外的。俗話有云：海千年，山千年，地蛇變飛龍（註13）。這傢伙差不多就是活了這麼久，因此對生藥毒藥之類，是瞭若指掌——」

我可還沒活上那麼久哩，文作笑道。

「噯，光是讓他昏睡，那局也鋪排不開。畢竟要把短短一天拉成三個月——不，一年才成。唔，我是加減讓他多服了點啦。」

沒錯。

一切都是林藏布置的圈套。

去年十月。

錢莊小津屋遭人入室行搶，被偷走了預備要借給武家的款子三千兩和一只茶碗，連嫡長子貫助亦慘遭殺害。

事發當天，老闆貫兵衛等店裡的夥計幾乎都出門去了，店鋪沒有開門。家裡有幾名煮飯的女傭，但廚房距離現場遙遠，無人聽到聲響。凶犯如雲霧般消失無蹤，全無線索。

然而。

貫兵衛——立刻就察覺了。

貫兵衛疑心的對象，是他的二兒子貫藏。
當天貫藏前往泉州談生意，慘案發生沒多久就回家了。
看到貫藏不自然的態度，父親貫兵衛立刻識破就是他下的手，然而卻苦無證據。無憑無據的，也不能把自己的兒子抓去奉行所（註14）。
據說貫藏素行惡劣，性情暴戾偏執，不僅如此，有時還會發了瘋似地，變得狂暴無比。在這之前，也曾被抓進衙門不少次。
貫兵衛煩悶苦惱。
因此——
他透過大掌櫃喜助，找上一文字屋委託。
仁藏動作極快，在貫助葬禮當天，立刻將阿龍送入店裡。
「沒讓死者飲用臨終水，算他氣數已盡。」
聽到林藏的話，阿龍接著說：那傢伙笑了嘛。
「好歹也是親兄弟，一般人怎麼笑得出來？看到他那張臉，我就想：絕對就是這傢伙下的手。不過敵人也相當高明，一點也沒露出狐狸尾巴。不僅如此，反倒像是對盯著他的我起了疑心

註13：日本俗信海裡或山裡的蛇，活上千年就能變成龍。
註14：奉行所為江戶時代的奉行該地行政官辦公處。

——」

貫兵衛是這麼委託仁藏的：

——我想要兒子就是凶手的證據。

——倘若最後證明他並非凶手。

——我會為了懷疑親兒子悔過，就此隱居，

——並立刻將小津屋交給貫藏繼承。

「雖然是沒找著證據，不過他那態度實在不成。待人處事沒個樣子，動不動就起糾紛，有錯卻全部賴給旁人——」

也許是因為那副德行實在教人看不下去，貫兵衛與貫藏動輒發生衝突。這一方面也是因為貫兵衛對兒子存有疑心之故。

不過人在一氣之下，難保不會說漏嘴。萬一貫兵衛說了不該說的話，被貫藏發現自己遭到懷疑——一切努力都要功虧一簣。

兩個月過去，過了年關，再觀察了一個月，林藏認為再拖下去會壞事，逼不得已之下，布置了圈套。

父子爭吵、斷絕關係，都是作戲。

將貫藏趕出家門，下藥令其昏睡——

捏造出虛構的一年。

「可是啊，說到那只茶碗，把它說成太閤賞賜的大名家寶，未免太牽強了吧，阿林？那只茶碗——就是個普通茶碗吧？那種東西，根本是隨便一家店都買得到的便宜貨啊。」

是啊，林藏笑道。

「就是個普通茶碗而已。聽說是拿來送客戶的贈品。噯，我是賭那個粗人絕對不可能打開看過裡頭。縱使看了，他也鑑定不出茶器的好壞吧。」

可是，阿龍表情沉鬱地說。

「一個人會對親兄弟恨之入骨，恨到那種地步嗎？我在紙門後頭聽著，都周身發涼了。」

「最難以承受的——還是貫兵衛老闆啊。」

他可是聽得渾身顫抖吶——文作說。

「聽到親兒子口中說出那樣的話來，簡直教人肝腸寸斷。豈止是傷心，根本是無法忍受。」

「可是，也因為這樣——他才能狠下心來吧？」

梅樹後頭，六道齋——浮世六道柳次探頭出聲道。

「那裡的老闆，今天一早就把貫藏那傢伙交給奉行所了。」

「他被繩之以法了？」

「噯，貫藏本人還半夢半醒的，坐在你姓林的布置的靄船上頭呢。口中誦著經，全身抖個不停——臨時抱佛腳也沒用啦。似乎就像他說的，在簷廊下頭找到了千兩箱，這下想賴也賴不掉了。看那樣子，是死罪難逃。」

老闆一下失去了兩個兒子吶，柳次說。

「管它是壞胚子還是傻子，兒子終歸是兒子啊。雖然事已至此，也是沒法子的事。」

「是啊。這下貫兵衛老闆已經沒有可以囑咐遺言的親人了。所以——為了不必留下遺言，他這後半輩子得努力盡仁盡義，否則——」

只得陰魂不散地回來了——

林藏望向遠方。

「倒是姓林的，你也太粗心大意了吧。這種東西也不快快收起來，把住後頭的老太婆攪迷糊了可怎麼辦？」

柳次說，將右手中多掛了一個月的注連繩飾品用力拋入河裡。

鍛冶婕

昔土佐國野根有鐵匠者
其婦遭狼啖附身之
於飛石一地
攫人而食

——繪本百物語・桃山人夜話卷第五／第四十

【壹】

該怎麼做？助四郎猶豫不決。

都千里迢迢來到大坂了，事到如今還有什麼好猶豫的？但想歸想，事到臨頭，卻怎麼也下不了決心。

助四郎的心事，實在是太過荒誕無稽。

也許對方不會認真當回事。

不，也許不僅不予理會，甚至會懷疑他神智不清，把他趕走。這也是沒辦法的事。畢竟這事實在太難說分明。先不管對方肯不肯聽，該如何開口，首先就教人頗費躊躇。

因此，助四郎在店頭的短簾前逡巡徘徊。

胭脂紅的短簾上，是留白圈起的「一」字。

一文字屋。

據說一文字屋是大坂亦首屈一指的出版商。也就是做書的地方吧。助四郎不太看書，所以不清楚。

土佐（註1）也有租書舖，應該也有出版商，但與助四郎沒有關係。戲作（註2）、黃表紙（註3）那些，他從來不覺得有趣。錦繪（註4）、優伶繪（註5）這些，他也毫無興趣。淨瑠璃他

是會看，但並不特別沉迷。

助四郎想著這些無關緊要的事，經過店頭，又折返回來。

如此徘徊不去，少不得要引來猜疑的眼光。

路人的眼神——教人難堪。店裡的小夥計也探頭出來張望。

噯，不管三七二十一，先進去再說吧！助四郎打定主意，穿過短簾。該找誰、如何開口，他毫無頭緒。看著堆積如山的書本，助四郎坐立難安。

就像走錯了地方。

「請問有何貴幹？」

聽到這麼一聲招呼，助四郎倒抽了一口氣。

「不，呃，我——」

「小的看客官從剛就在門口來來回回，似乎不好進來，難不成是來推銷您寫的戲作？」

「呃、不——」

「其他地方或許不樂意，但咱們非常歡迎毛遂自薦。別怕臊，不管是誰，初寫的東西總是蹩腳。但蹩腳也無所謂，樸玉也需要雕琢。一旦化身美玉，就能大賣，一旦大賣，就能大賺。」

富態非常、疑似掌櫃的男子口若懸河地說著。

「呃，不，我是呃——」

和尚介紹來的，助四郎說。

「和尚——」

您是說又市兄嗎？掌櫃驚訝地問。

「不，我不知道他叫什麼名字——他像是行旅的六部（註6）——不，裝扮不一樣。」

對了。

這時助四郎總算想了起來，摸索懷裡，掏出錢包，翻查裡頭。

有張折起的護符。

只要出示這張護符——

「對了。這個——什麼去了，對了，是陀羅尼的護符。他說只要拿出這張符咒——」

助四郎亮出護符，掌櫃的悄聲說「不得了」。

接著扯扯助四郎的袖子，拉著他說：客官，這邊請。

「你知道這是什麼嗎？」

註1：土佐國，日本古時行政區名，約為現今的高知縣。

註2：戲作為江戶時代盛行的各種小說總稱，亦包括黃表紙。

註3：黃表紙為江戶時代流行的一種小說，因封面為黃色而得名。內容較為成熟，以成人讀者為對象。

註4：錦繪是多色套印的浮世繪版畫。

註5：優伶繪，或演員繪，是浮世繪的主題之一，畫的是歌舞伎演員的舞台或日常模樣。

註6：六部為六十六部的簡稱，為抄寫六十六部法華經，將其供奉至日本全國六十六處靈場的僧人。

「還知道呢，客官人也真是壞，既是這麼一回事，怎麼不早點說呢？好了，這不能在店頭說。這邊，請往裡邊走。啊，客官穿草鞋啊，請在那邊脫了吧。」

助四郎還來不及抹腳，就被帶進店裡，引入屋內深處。穿過木板地大廳，在鋪榻榻米的狹窄走廊拐了好幾個彎，登上階梯，進入更狹窄的走廊，這回下了樓梯。

恍如迷宮，他不知道自己置身何處了。

請在這兒寬坐片刻。掌櫃讓助四郎等待的地方，是極寬敞的榻榻米房間，敞開的紙門外是賞心悅目的庭院。

原以為要等上許久，沒想到他錯了，很快地，一名貌似商人的男子走了進來。

身後跟著剛才的富態掌櫃。

看在助四郎眼中，對方的服飾甚是華貴。土佐也有大商家，但少有人穿扮如此瀟灑入時。肯定是一名豪商。

「讓您久等了。」

令人意外的是，不是上方口音。

「我是這家店的主人，一文字屋仁藏。」

對方恭敬地行禮，令助四郎惶恐不已。

「我叫助四郎，在土佐的佐喜濱做刀匠。呃，也沒事先捎個信或請人說一聲，就突然上門——」

難以啟齒。

一畏縮起來，就更難開口了。

請不必拘謹，仁藏說。

「那位行腳的和尚是怎麼介紹我這兒的？請先從這裡說起吧。」

「他說——」

遇上無法向外人道，

無可如何，

匪夷所思，

「碰上這類教人一籌莫展的困難時，可以來找您商量。」

世上——

真有這樣的行當嗎？

啊，這要是我聽錯，還是誤會了，真是萬分抱歉，助四郎低頭行禮。

「我是個鄉巴佬，所以不由得想：上方如此繁華，或許真有這樣的營生也未可知。若有冒犯，我向您賠不是，還請多多擔待。」

請抬起頭來，仁藏說。

「哪裡就說得上冒犯呢？咱們做的，確實就是這樣的營生沒錯。」

「真的——」

有這種事？

仁藏點點頭。

「沒錯。那麼，助四郎先生——是找上那位行腳的和尚求助？」

「對，沒錯。喔，先前土佐出現了船幽靈——」

船幽靈？掌櫃驚呼。

「土佐是鄉下，也是有那種妖魔鬼怪的。我是沒瞧見，不過有好些人遇害，聽說怪物還現身在主公面前，鬧得是滿城風雨。」

此事我已有耳聞，仁藏說。

助四郎驚訝極了：

「居然知道，您的消息可真是太靈通了。說到船幽靈，那是種怪物，就像狸貓作弄人、蛇精夜裡鑽上床這類怪力亂神之事，實在不像是會傳到這京城裡的大消息啊。」

「俗話說，蛇有蛇路。」

那是怎樣的路呢？

「難道，那名和尚是為了平定船幽靈作祟，巡迴各村莊——？」

「沒錯。看他的打扮像個六部，但並不是。土佐很多那樣的人，也有來自諸國各地的巡禮僧，不過遍路（註7）是拜寺院的，叫化子和尚之類的則會挨家挨戶上門，但他卻是拜訪名主（註8）家。」

此次的妖物極難對付——

我一時分身乏術——

因此礙難襄助，不過——

僧人打扮的男子這麼說，給了他一張護符。

我拜見一下護符，仁藏說道。助四郎從懷裡掏出護符奉上。仁藏恭敬地接過，朝著庭院，對著日光，上上下下端詳了一遍。

「沒錯，此符是御行又市的陀羅尼符。又市和尚與我們交情匪淺，我就相信你吧。當然該收的報酬還是要收，仁藏說。

「這、這我也聽說了。他說報酬絕不便宜。這我都明白——」

——若你。

真正束手無策——

他必定能助你一臂之力，和尚這麼說。

「錢我有。雖然沒法要多少有多少，但倘若不夠，我可以設法。」

註7：遍路指巡迴弘法大師空海曾經修行的四國八十八所靈場，進行祈禱的人。

註8：名主的職位近似村長，此職位於東部多稱「名主」，關西則多稱「庄屋」，東北則稱「肝煎」。

助四郎並非大師名匠，但他鍛造出來的刀賣價極好。儘管無名，但助四郎的亂刃（註9）鋒利無匹。

他問多少錢。

仁藏說得看委託內容。

「東西是有行情的。」掌櫃說。「看是要除去煩惱、罪孽、過去、人、還是藩國——咱們也是做生意的，總不能一口價，大小全包。」

「把、把藩國消滅……？」

連這種事情都辦得到？

「對手愈大，價錢也愈高。」

別嚇唬人家了，佐助，仁藏說。

「不不不，不是那樣天大的事。只是小事，真的是微不足道的小事。」

甚至有可能只是自己誤會。

「反倒是不值一提，或許是不該拿來煩擾您老的事。」

「事無大小，小事自有小事的價。商人有時容易流於追求大買賣，但這就叫做奢侈。確實，買賣大，利潤也大。但利潤一大，遇上失敗，損失亦很驚人。倘若答應下來的是力不勝任的大案子，屆時可能反倒要了自己的性命。為商之道，原應穩紮穩打，積土成山。」

啊，看我，一派老生常談，仁藏笑道。助四郎有些害怕起來。

這個叫仁藏的，絕非泛泛之輩。
就連消滅藩國這樣驚天動地的事，他都認為是力能勝任的工作。
相貌柔和。
且威嚴十足。
不過——八成是個極精明的老狐狸。
助四總覺得被震懾了。
那麼，乞道其詳，老狐狸仁藏說。
「內子——」
但內容依舊同樣難以啟齒。
「內子被掉包了。」
助四郎想，這樣說人家不可能懂，但他又只能這麼說。畢竟這就是癥結所在。
「掉包？」
無法理解吧。
「有什麼人，假冒成尊夫人，是這樣的意思嗎？」
「也不是假冒——」

註９：亂刃為日本刀的一種刃紋，在刀面上呈不規則的起伏。

「有素不相識的陌生人潛入府上，假裝尊夫人？」
「假裝夫人？」
掌櫃——佐助開口。
「這怎麼能成？說是冒充，您倆可是夫妻，一眼就看出來了。就像我，即便打哪跑來一個人想冒充我，也是做不到的事啊。首先相貌就不同——」
莫非是極肖似的不同人？佐助問。
「比方說，相似得難以分辨。」
不對。
「不是別人。八重——內子名叫八重，八重就是八重，不是別人。做丈夫的我都這麼保證了，這一點絕對錯不了。我不可能認不出八重。」
「這可奇了。」
那麼，您說的掉包，是怎麼一回事？仁藏問。
這問題問得理所當然。不會有人相信這種事。豈止不信，根本不會想到。完全是戲言妄語。
「是裡頭不同了。」
仁藏一臉詫異：
「這是指——變了個人嗎？」
「沒錯，人——或者說，不是有人冒充，而是被取代了。」

仁藏與佐助對望一眼。

「我知道這難以置信，不過我是認真的，否則也不會千里迢迢跑到大坂來，說這些丟人現眼的瘋言瘋語。」

八重，八重裡頭的人被掉包了。八重她。

「她不笑了。」

「尊夫人——不笑了？」

「鬱鬱寡歡，不肯開口，也食不下嚥。不，如果有理由，我一定知道。但她沒有理由憂愁。」

「沒有理由？」

「完全沒有。一丁點兒也沒有。這一點我很篤定。我比什麼人都疼內子，比父母、比故鄉還要珍惜她。只要是我做得到的，什麼事我都為她做了，只要她想，我什麼都給她了。」

「然而，她卻不笑了？」

沒錯。

八重徹底變了個人。

「那大概——是狼變的。」

助四郎總算說出口了。

【貳】

土佐是個好地方吧？帳屋林藏說。

「我一直想去看看。」

「鄉間田舍罷了。」

聽說那裡的魚特別鮮美，林藏說，向助四郎勸茶。

林藏是一文字屋介紹給他的人。

相貌清俊，言談態度都很隨和。

「也有許多俏姑娘吧？尊夫人——八重夫人是嗎？看助四郎兄如此痴情，想必姿色不凡。」

巧舌如簧。

仁藏拍胸脯保證可以相信，但助四郎對這個叫林藏的年輕人，卻仍難以放下心防。

「你們說要把八重帶來大坂——」

原來你是在擔心這個？林藏睜圓了眼睛。

「不不不，陪八重夫人一起過來的，是個老不死的糟老頭，絕不可能在路上做出什麼非分之舉，請不必多慮。其實呢，那兒恰巧有個正適合的人。」

「正適合的人——」

是一文字屋的手下嗎？

「連在土佐——也有嗎？」

各地都有，林藏說。

「一文字屋仁藏說的話，傳得比早飛腳還要快。因此八重夫人應該已經動身了。當然，小少爺也一起。」

人已經在海上囉，林藏說。

「那位大爺還有船？」

只不過是亡者船，林藏如此回道，教人費解。

「要不了幾天工夫的。很快就可以跟你朝思暮想的老婆重聚了。嗳，一切都等那之後再說。」

「可是——」

「你擔心家裡沒人嗎？」

「家裡不打緊。」

沒什麼可以偷的。

錢他全帶出來了。留下的錢，八重應該也會帶來。

前提是——她真的過來的話。

「我不覺得——」

八重會來。

即便來了。

又能如何？又要如何？

「她變了那麼多嗎？」

「變了。那是——」

是狼。

「我住的地方，有座鍛冶姥的墳。」

那是什麼？林藏問。

是怪物的墳，助四郎答道。

「是鄉野傳說啦，就像船幽靈、貍貓那些，是無稽之談，所以不必當真。總之有那樣一座墳，而負責守墳的，就是我。」

「守怪物的墳——？」

「就是這樣。」

沒錯。

一代傳一代。是從何時開始的？

完全不清楚。助四郎也不知道。

助四郎娓娓道來，說起那無關緊要的鄉野傳說。

自野根前往阿藝的野根山要道途中，有座山嶺叫裝束嶺。

越過這山嶺的地方，生了一棵巨杉。

雖是杉木，枝幹卻是彎曲的。

來到約莫八、九尺（註10）高的地方，便往橫打去，枝幹變得平坦，可供五、六人乘坐，是棵奇木。

從前從前。

有一名孕婦。

路經此樹。

為何非得大腹便便地翻山越嶺，助四郎也不知道。傳說中沒有提到，無從探究，也沒必要知道。

也許是準備回娘家待產。

土佐的野山極深，亦有許多經常發生山難、宛如妖魔巢穴的「魔所」，及路途險阻難行的「難所」。不過裝束嶺的地勢應該並未難行至此，即便是懷著身孕的婦人，亦有辦法翻越。

無論如何，都是難以探究真假的古老傳說了。

婦人應該打算在太陽西下前抵達阿藝。

不想偏偏如此不湊巧，人還在山路上，孕婦便陣痛起來。她一步也動彈不得，辰光就這樣過

註10：日本舊時尺貫法長度單位，一尺約為三〇．三公分。

去。

其時正好有個從阿藝上來的飛腳路經，不忍坐視，出手相救。但他料想沒辦法越嶺，便暫時將婦人抬上杉樹。

「這又是為何？」

「那一帶是深山，距離人煙還有好長一段路。野根山的要道都在山脊上，處處皆是山嶺。縱然要回頭，憑著即將臨盆的婦人腳力，還沒有走到，日頭就先落下了。天一黑——狼就出來了。」

「狼？」

「我的故鄉跟大坂這些繁華地方不同，是窮鄉僻壤。說到這狼，真正可怕。夜晚的深山——可駭人了。」

「狼都是成群結隊出沒的，總是二、三十頭一起出來，數量一多，簡直就是妖物。」

「像妖怪嗎？」

「妖怪是海上的，山裡頭則有許多莫名其妙的怪物，像是山爺。狼是野獸，但數目一多起來，就跟怪物沒兩樣。千頭一起行動，就叫做『千頭狼』，這真正可怕。」

居然有一千頭之多？林藏蹙起眉頭。

「是啊。噯，一般狼是不會爬樹的，因此露宿郊外的人都會睡在樹上。不過千頭狼是妖物，所以——」
「會爬樹嗎？」
會搭梯子，助四郎說。
「搭梯子？」
「不是人用的梯子，對，就像疊羅漢那樣，一頭踩著一頭，另一頭再踩上去，像這樣搭出一條狼所構成的梯子。狼就是爬上那梯子吃人。」
真的假的？林藏問。
助四郎也沒親眼見過。或許是假的，也可能狼真的有那樣的習性。
「對了，我也——」
聽說過，林藏說。
「以前我在江戶待過一段時間，那裡有個本草學家，對這類傳說故事如數家珍。記得他似乎提過。啊，不過——他說的是老虎。似乎是叫做『虎櫓』的。」
「老虎是唐土天竺的野獸吧？土佐沒有老虎。不過縱然是野獸，積年經歲，也會變得精明。會為了抓到獵物而動腦筋。我覺得是這樣。」
孕婦與飛腳在樹上過夜，居然真的遇上千頭狼來襲。
「狼爬上樹來了。不過並非蜂擁而至。不管搭上多少座梯子，搭了幾座，就只能爬上幾頭，而且每座一次只能上來一頭。倘若只有孕婦一人，肯定會被一口咬死，連同肚裡的娃兒一同落入狼口。」

飛腳帶了把短刀。

他將爬上樹的狼給一頭頭斬死了。

「這個飛腳真是個英雄好漢。不過身邊有個即將臨盆的婦人，即便是我，或許也會想要逞個英雄——畢竟要保護的可是兩條命。」

「雖然他可能只是為了自保。」

飛腳持續應戰，樹下堆起野獸的累累屍山。

此時。

去叫佐喜濱的鍛冶姥——！

忽然傳出這樣的喊聲。話聲一響，千頭狼的攻擊霎時打住了。

不多久。

一頭格外碩大的白狼現身了。

那頭白狼頭上戴了口平底鐵鍋。飛腳立時悟出，這是為了防衛他的攻擊。白狼悠然步至樹下，跟在身後的千頭狼隨即搭出梯子，為白狼開道。

白狼一口氣衝上狼梯，剎那間——

飛腳奮力揮下短刀。

鍋子一破為二，血花四濺。

白狼捽落樹下，瞬間狼梯亦分崩離析，千頭狼作鳥獸散，不見蹤影。

「那口鍋——是鐵鍋吧？破掉了嗎？難不成那飛腳拿的是破鎧刀？僅憑一把短刀，有可能砍破鐵鍋嗎？」

「鐵鍋很薄，輕易就能砍破。」

助四郎很清楚。

經過千錘百鍊的刀子，無堅不摧。

管它是鐵塊還是石頭，都不堪一擊。僅憑一口鐵鍋，不可能充當得了鎧甲。要是砍不破，不是刀子鈍了，就是身手太差。即便是不諳武藝的外行人，只要盡全力砍下，老鍋子一觸即潰。刀身或許是會缺損，但只要擊中，定能劈開。

不過。

故事裡的飛腳，是在斬殺大量野狼之後才砍破鍋子的。

這一點助四郎有些難以信服。

倘若說這則傳說裡有任何可疑之處，助四郎認為就是這個部分，而非千頭狼搭梯子的情節。

確實，短刀劈得開鐵鍋。不過。

刀劍的大敵——

毋寧是油脂才對。

特別是人的油脂最要不得。縱然是一般刀劍，至多也只能砍殺兩人。

若要砍殺第三人，必須知道這時候的刀已不是刀，而是根鐵棍了。只能敲擊，無法劈砍。

明明劈不開，卻硬要敲擊，刀身就會扭曲。刀一扭曲，就更砍不進去。

如此一來，便只剩下戳刺一途。

然而日本刀異於槍矛，單刃且刃薄，刺個不好，連刀鋒都會折損。

刀刃缺損、沾滿油脂、刀身扭曲、刀鋒折損，如此一來，根本就成了廢鐵一根。而且不是大刀，而是短刀的話，應該更無殺傷力可言。

斬殺多到掩埋樹下的狼隻後，再劈開鐵鍋——

既非武士、也非俠客的區區一介飛腳，能有這麼大的能耐嗎？

當然——

助四郎也認為絕非不可能。

助四郎沒有砍過狼，所以不知究竟，但也許狼的油脂比人更少。若非如此，不可能斬殺那麼多頭狼。況且，飛腳有可能並非殺了全部的狼。對手是野獸，有可能光是鼻頭受創就畏怯逃亡。

若是如此，也許能維持鋒利，直到最後一擊。

都到了這節骨眼——

助四郎還在想這種事。

然後怎麼了呢？林藏問。

「喔。」

對了。
「婦人平安在樹上產子，從此以後，那棵杉樹便有了『產杉』之名。實際上，它到現在還是叫這個名字。」
「哦？」
這是真實之事嗎？林藏又追問。
「我不知道是真是假。我說過很多次，這是古時候的傳說了。重要的是下文。」
飛腳將母子接下杉樹後，在樹下發現血跡。
不是生產時流的血。那血跡朝著野根的方向，沿著街道斷斷續續。飛腳確信錯不了，就是那頭白狼的血。
既然如此。
那是個妖物、怪物。這要是一般的狼，既然逃過一劫，便該額手稱慶，就此落幕，但飛腳認為，這情況也不能夠如此。
不能丟下受創的怪物，就此不理。難保它往後又會帶來什麼樣的禍害，若要消滅，唯有趁它負傷的現在。
飛腳將生產的婦人及剛出世的嬰兒託付給路經的旅人，獨自追蹤血跡。
血跡下了山，一路延續到佐喜濱。
更進一步追蹤，野獸的血在一家鐵匠鋪前中斷了。

「那兒就是我家。」

助四郎說。

這時飛腳憶起昨晚妖物說的話。

去叫佐喜濱的鍛冶姥——！

此處，正是佐喜濱的鐵匠鋪。飛腳心生一計，敲打鐵匠鋪的門，詢問該戶人家有沒有老婦人？突然有陌生男子上門，沒頭沒腦地問上這麼一句，鐵匠鋪主人愣得瞪圓了眼睛，但還是回答家中有年邁的老母。

據說鐵匠的老母昨晚頭部受了傷，正在內室休息。

飛腳不容分說，闖進鐵匠家裡，一刀砍死了正在內室歇息的老太婆。

「結果那是一頭白狼。」

「是狼變成了老太婆嗎？」

——這個嘛。

是否如此？

「狼也會變身成人嗎？」林藏又問。

「這我就不清楚了。傳說裡，地板底下找到了許多吃剩的人骨。但光看骨頭，也不知道真的老太婆是不是也被吃了。」

只要變成骨頭。

人和野獸便無從分辨了。

「就連那墳，是那老太婆的墳、還是憑弔葬身狼口的人的墳，又或是那頭白狼的墳，亦不清不楚。」

確實有那麼一座墳。

「我家代代——就守著那墳。」

「不過助四郎兄，既然府上代代守著那墳，那裡頭埋的應該不是狼，而是老太婆吧？」

「不。」

我覺得是一樣的，助四郎說。

「一樣的？這又是怎麼說？」

「我覺得老太婆就是狼。」

「所以說，是狼吃了老太婆，變成了老太婆——是這樣的吧？」

「不。」

助四郎認為，是老太婆變成了狼。

「老太婆變成狼——？這我就不懂了。是這麼回事嗎？呃，狼附身在老太婆身上、或是老太婆被狼的法術操縱、又或是狼的魂魄之類的憑附了老太婆——」

「會附身的是犬神（註11），會操縱人的是狸貓，會憑附的魂魄是生靈吧？狼只會把人定住，再把人吃掉。」

「所以，我猜想也許是老太婆變身，化成了白狼。老太婆就是狼。不管是老太婆的墳還是狼的墳——」

「那——」

都是一樣的。

「啃，村裡的人都說，我們家族代代都是逆長著那狼的毛髮出生。這也就是說，我被視做狼的子孫吧。」

助四郎身上沒有那種毛。雖然沒有。

「噯，都無所謂。反正我也不會吃人。我只是個刀匠。剛才說的鄉野傳說，也只是傳說罷了。不過實際上就有座墳在那兒。換言之，無論是人還是狼——過去真的有個鍛冶婆吧？」

不管怎麼樣，這總是真的。

「你覺得——人會被什麼別的東西給取代嗎？」助四郎問。

林藏瞇起細長的眼睛：

「但外表形姿還是一樣嗎？」

「我覺得一樣。傳說中的鍛冶姥，長年來也都沒有被拆穿，好端端地過日子，可見得外貌並沒有任何不同。」

「只有內在變了。」

「沒錯。」

那樣的話是有的，林藏說。

「都說本性難移，不過這是因為人以為自己就是自己。一旦迷失了自己是誰，早晨和夜晚，便是不同的兩個人了。只要一個輕忽大意——」

就會被完全取代。

林藏這麼說。

「你是說人會變？」

沒錯，林藏說。

「喏，人的心情說變就變，不是嗎？不管是誰，心情好的時候就會笑，心情壞的時候就發會怒。俗諺說，花樣姑娘家，掉筷銀鈴笑（註12），確實，有些時候看到什麼都開心，卻也有些時候不論怎麼逗弄，連眉毛都不挑一下。」

這要看心情吧？助四郎說。

「對，就是心情。不過呢，助四郎兄，世上也是有冷若冰霜，從出生到過世，連一次都沒有笑過的人。哪裡都有那種不懂得玩笑的木頭人；相反地，也有許多一開口就是玩笑話的膚淺之輩，不是嗎？也有些傻蛋油腔滑調得教人氣惱。笑與不笑，這要看人。縱然是同一個人，見聞相

註11：犬神是以四國為中心的一種附身特定之人或家族的犬靈信仰。據信此種犬神會聽令於其家系，危害他人。

註12：日語俗諺，形容思春期的姑娘春風得意，一點小事都會被逗笑。

同的東西，也不一定是笑或不笑，喏，由此可見，即便只是暫時的，人還是會變。」

或許是吧。

八重以前也常笑。

鳥兒飛起、花兒盛開、一陣風吹——如此理所當然的事，也能讓她開懷微笑，有時甚至放聲歡笑。

如今卻——

可是呢，林藏又說。

「人之所以把它視為一時心情好壞，不多計較，只不過是因為我一開始也說過的，大多數的人都深信自己就是自己，毫不懷疑。認定自己不會變、就是這個樣，故而相信自己之所以不同了，是因為方才是那般心情，現在又是這般心情，來敷衍過去。不過，萬一再也沒法這麼想了，會怎麼樣？」

「會沒辦法這麼想嗎？」

會啊，林藏沉著聲音說。

「一旦辦不到了，人就會迷惘，弄不清楚自己是什麼。但人還是活在世上，因此不能就這麼迷糊下去。若是選擇了異於早晨的自己——」

那就是另一個人了，林藏說。

「據說有一種病，有好幾個自己住在同一個身體裡，變來變去。聽著，不管是我，還是助四郎兄，任誰都有可能變成那樣。每個人都像是船上的幽魂，隔著一片木板，底下就是地獄。縱然沒有什麼大不了的理由，有時人還是會墜落，也可能往上爬。」

人會變。這應該是事實。

「也可能不再是人。」

「不再是人——」

「是，有可能變成惡鬼、野獸，甚至是更可怕的東西。任誰都有可能，這一點都不是什麼匪夷所思之事。剛才助四郎兄說的也是，當成這麼回事來看——」

也是可以解釋得通的，林藏說。

「或許吧。」

就像他說的吧。

狼應該只是一種比喻。

「倘若不再是人了——那該如何是好？」

「如果能夠恢復，就設法恢復。若是無法——」

就只好被消滅了，林藏說。

【參】

結識八重，是十年前的事了。

當時助四郎的父親過世，他一個人獨居。

與風箱的風、

熔鐵、

鎚子、火星、灼熱為伴。

錘煉錘煉再錘煉。

錘入亂刃紋。

切吧、斬吧、砍吧！

蛻變為利刃吧！

蒸氣迷濛。火鍊、錘打。

研磨。

日復一日，助四郎鍛造刀具。雖是田舍間鍛造各式鐵器的鐵匠，但他對自己的本事有自信。

就連父親拿起助四郎打出來的刀，都要驚恐戰慄。

錘入火燄地獄，

淬煉出冰霜刀刃。

一出鞘，冷森一片寒光——

助四郎打出來的刀，真正是一出鞘便令人心膽俱碎。是堅韌而銳利的凶器。

父親說，助四郎的刀不是名刀，而是妖刀。

這也無妨。刀是用來斬的。助四郎認為若說堅韌無匹、鋒利無雙的刀就叫妖刀，那麼妖刀才配稱為真正的刀。

有人不遠千里委託他鍛刀。

也有人不惜重金購買。

生活不虞匱乏。

但一個人過日子，仍有諸多不便。

助四郎——不，鍛冶婕打鐵鋪被村人疏遠。儘管不是露骨地排擠，卻幾乎全無往來。

應該從以前就是如此。

助四郎的父親為人謙和，熱情好相處，與村人似乎也頗有交流，但助四郎不擅與人交往，因此拋開交際不管。也許是父親的葬禮後，助四郎未曾向協助治喪的村人回敬應盡的禮數，引來微詞。

這是因為助四郎不清楚村子有村子的規矩和做法。應該要做到的事，他卻沒有做到。

這也是八重告訴他的。

助四郎後來才知道，沒必要刻意討好或奉承。只須做好該做的事，村人自會普普通通地相往來。

因此與八重在一起後，助四郎也努力表現得像村子裡的一分子。結果村人也接納他了。

現在他再也不受輕視。

反倒成了村裡頭受人敬重的刀匠。

或許是因為助四郎開始為村裡、為別人慷慨解囊。

他也開始參與村裡的活動。他參加祭典、捐款寺院神社，婚喪喜慶都盡量出席，出錢出力。

不需向人陪笑臉，只是做到上述這些，村人就會主動向他頷首點頭、笑臉相迎。

以這個意義來說，助四郎才是變了個人。

但這是助四郎刻意求變才變的。

都是為了八重。

因為八重希望。

因為八重會開心，所以助四郎變了。

八重起先是來拜訪孤立的助四郎家裡，照顧他的身邊瑣事。

最初是父親病倒時。八重家的人心想他們家有病人，又沒個女人，應有諸多不便，好心要女兒過來看看。

一開始只是送吃的來，但沒有多久，八重便開始料理家務。

這讓助四郎學到，什麼叫感謝他人。

父親過世時，八重哭了。

坦白說，助四郎並不怎麼難過，但看見八重流淚的模樣，他總覺得心疼不已。

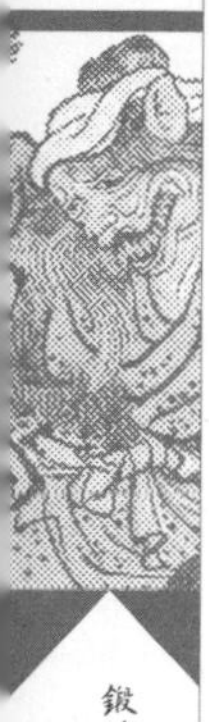

後來八重仍舊到家裡來。

她幫忙打掃煮飯等等，因此助四郎得以像過去那樣，專心在鍛刀上。

沒有多久。

兩人開始交談。

八重溫柔敦厚。

笑容不絕。

雖然助四郎是個不苟言笑的人，

但也跟著開始會笑了。

沒錯，人是會變的。

助四郎從八重身上學到過去他一直忽略的、身為一個人應當要知道的種種，瞭解如何與人對話、待人處事。

他並且瞭解到。

人並非因為哀傷而嘆息，也不是因為哀傷而哭泣。

而是因為能夠哭泣，所以哀傷；因為能夠表達哀傷，才能夠哀傷。

人不是覺得好笑才笑。

而是因為會笑，才能夠覺得好笑。

哀傷、喜悅、歡樂、難過，這些感情，都不是湧自內心，而是透過與人接觸，向他人表達，而總算變得明確的。

助四郎認為他結識八重、與八重生活，才變成了一個人。

八重是他重要的人。

他開始這樣想。

此後，助四郎決定為了八重——只為了八重而活。

只要是為了八重，他什麼都做。他忍耐、努力；向人低頭、勞動身體、花用金錢。

沒有什麼好可惜的。

八重。

非常開心。

她先是為了助四郎融入村子、與村人交流感到開心。

助四郎笑，她也跟著歡喜。

漸漸地，助四郎為村子所接納，不久後兩人論及婚嫁。

決定迎娶八重後，助四郎變得更多了。

他的風評也愈來愈好。

八重愈發開心了。

兩人成了親。

與八重結為夫婦，助四郎總算瞭解到何謂幸福。瞭解到除了開心、歡樂、好笑以外，還有幸

福，以及幸福的日子。

不管做什麼都感到幸福。

鍛刀的意義也變了。

如今，助四郎為了維護這份幸福而鍛刀。

為了八重踩踏風箱。

為了八重揮舞鐵鎚。

為了八重每日研磨亂紋刃。

在過去，助四郎是為了鍛刀而鍛刀。

鋒利度、彎曲度、光澤、硬度，一切的一切，都是為了刀子本身而琢磨，沒有更多了。

然而。

他開始為了讓客戶滿意，精益求精地鍛造刀具。

客戶滿意，就會掏錢。

一旦有錢。

生活就變得更富裕。

助四郎並非冀望豪奢的生活。

而是如此一來，就能讓八重開心。

當然——

不是有錢就好。

這道理助四郎也懂。

他從不認為只要有錢就能幸福。

不，譬如說，假使八重說她討厭錢，助四郎必定會毫不惋惜地拋棄全數家產。

光是有錢，亦不能如何。

錢的價值，在於它可以換取物品及其他。囤積金錢本身毫無意義。助四郎也很清楚這一點。

正因為清楚，助四郎努力賺錢。

只要買得到八重的笑容，要他掏出千萬銀兩亦在所不惜。

不是要用錢買笑容。八重的笑容是千金不換。

千金不換的事物要是能用銀兩買到，無論要價多少，都算便宜。

然而。

八重原本就是個質樸的女人，很少開口要什麼。但嚐到珍饈佳餚，她會開心；送她美麗的衣裳，她亦會展現歡顏。

即便不求奢靡，但若是供得起這樣的生活，應該不會有人抗拒。

但八重生性簡樸，不喜鋪張浪費。確實，奢華的生活在村裡頭格格不入，八重也不是那種向人炫耀更好的生活，為此沾沾自喜的人。

正因為清楚她的心思，助四郎也避免多餘的浪費。

他反倒是為了村子用錢。

如此一來，村人便會開心。而村人開心——

八重也會開心。

不光是賺錢、花錢。

在家裡，助四郎也為八重付出了一切。

他體恤八重、為八重盡心盡力，能做的都為她做了。

助四郎不光是討好八重。

他還徹底排除令八重困擾、厭惡、傷心的一切。

只要八重有一絲不悅，什麼樣的習慣他都革除了。

酒也少喝了。

他原本就不賭，但八重嫌菸味嗆人，所以他戒了菸。

八重說，夫君不必為我做到這地步。但助四郎不在乎，他忍得下來，所以無所謂。助四郎只是在做做得到的事，絲毫不曾勉強。

這是他該做的。

既然做得到，

去做就是了。是應該要做的。

夫君待我太好了——

八重這麼說。

淚眼盈眶地感謝他。助四郎也由衷欣喜。然後，

他無比幸福。

助四郎體恤八重幾分，八重就體恤助四郎更多，並且勤奮持家。八重有多開心，就有多勤奮。助四郎對她付出多少，她便回報以數十倍。

八重勤快、溫柔、堅忍。

最令助四郎為難的，是八重這麼說的時候：「只有我們如此幸福，真的好嗎？」唯獨此事，是令他束手無策的煩惱。

助四郎家興旺了。

沒錯。

助四郎體認到，所謂興旺，指的就是這樣。

短短五年，打鐵鋪成了大宅子。雇了傭僕，還收了徒弟。

生產的刀具亦遠近馳名，路上村人皆對助四郎打恭作揖、畢恭畢敬。

現在也有了孩子。

沒有一絲煩惱。

半丁點兒都沒有。

也沒有難過的事、不安或困擾。

沒有傷心事，也沒有任何禍事、不順。
不曾與人結怨，
從未招人憎恨，
也沒有受到疏遠。
當然，生計亦富足無虞。助四郎攢下了大筆財富，即便不再鍛刀，也足供一家三口過上好幾十年。孩子也健康地成長。
太幸福了。
然而。
八重。
「八重卻不再笑了。」
助四郎這麼說。
林藏表情悲悽。
「八重已經兩年都不笑了。也不和我說話。而且她——」
對我怒目相視。
「這——是有什麼起因嗎？」
林藏誠懇地問。
到了第三天，助四郎已經頗為信賴這名年輕人了。

「就是不明白為什麼。」

「你是說，是突然變成這樣的？」

「是——突然嗎？」

也許是突然。但也只能說是不知不覺間變得如此。

「不是因為兩口子爭吵嗎？」

「爭吵——」

從來沒有過。

助四郎這麼說。

林藏交抱起胳臂。凡事他都真心誠意地聆聽，所以自己才願意相信他嗎？

「嗯，就助四郎兄說的聽來，你是絕對不可能在外頭拈花惹草的。」

「什麼拈花惹草——」

我知道，林藏說。

「就像八重夫人說的，世上再也找不到助四郎兄這樣好的丈夫了。」

是——這樣嗎？

「倘若一切如同助四郎兄所言，那老兄真是天底下所有丈夫的楷模了。要是世上的丈夫都像助四郎兄這樣，那可就天下太平了。你知道嗎？世上蠢貨實在太多，像話的人難得一見。」

是這樣嗎？助四郎反問。就是這樣，林藏應道。

「我跟一般人不一樣嗎？」

「應該不一樣吧。噯，世人所謂的好丈夫，放眼皆是。不過要是老實人，就是老實到不知通融；至於貪財的，就是金錢的奴隸；而沉迷聲色的，便是漁色之徒。每個人都只顧自己，哪裡還顧得上另一半？即便如此，只要不賭錢、養得活一家老小、當前的日子不必愁，這樣的人就是世人口中的好丈夫了。至於拿老婆抵押上賭場的混帳、嫖到把老婆都給賣了的人渣、不事生產、遊手好閒的廢物，這樣的傢伙隨處可見。裡頭甚至還有人大言不慚，說什麼有女人為他流淚，才算得上男子漢。」

「我不懂。」

助四郎無法理解。

「與其讓老婆傷心，一開始何必要娶？」

一時昏了頭吧，林藏說。

「不過這是沒有男女之別的。無論是男是女，都少不了有傻瓜混帳。好老公不一定配得到好老婆。更何況，不好的也並非全是老公，世上的惡媳婦也少不了。因此世上的夫妻，沒有一對不吵的。」

吵架啊——

「甚至也有鬧到動刀子的呢。不是說愛之深，恨之切嗎？就是這個道理。不管再怎麼一往情深，對方亦不見得懂。對方不懂，自然教人氣憤。怒火中燒。」

這助四郎懂。
都這麼為妳掏心挖肺了，
為何還那副難受的樣子？為何不笑？為何——
不肯敞開心房？
可是。
「我並不生氣。只是——」
不幸福。
沒法感到幸福。
因為八重看起來很不幸。助四郎本身並無不平，卻是難過不已。
「因為為對方著想，所以才會難過嗎？」
「除此之外還有什麼？我們是情投意合在一起的。」
氣對方又能如何？
不能如何呢，林藏說。
「嗯，確實就像老兄所說。不過世上夫妻，十之八九就是做不到這理所當然之事，才會活在叫罵怒罵、拳打腳踢的爭吵之中。好丈夫配好媳婦，這樣的天造地設的一對，我這輩子還真沒見過。不過看來助四郎兄府上，就是這樣的鶼鰈情深。」
看來八重夫人也是個極好的妻子，林藏說。

「才不是極好，八重她——」
就像個天女，助四郎說。
「助四郎兄對夫人沒有絲毫不滿？」
「怎麼可能有——」
不，現在就。
不對，這並非不滿。
而是不安。
我才沒有不滿，助四郎大聲說。
「我對八重只有感謝。」
「兩位連一次都沒有爭吵過？」
「就說沒有理由爭吵了。為何我非要與感謝、疼惜的妻子反目成仇不可？」
「就是說啊。」
林藏愈發沉吟起來。
「如此一來，便只剩下夫人對助四郎兄有某些不滿了——」
「對——我哪裡不滿？」
我犯了什麼過錯嗎？
「不，也許不是什麼錯事。或許原因毫無道理。倘若如此，八重夫人就是自知理虧，因此無從發難，只好默默忍受。」

「忍受？忍受什麼？」

我的哪裡，讓她。

「生厭的理由形形色色，就好比愛上一個人，理由亦是形形色色，這是無法具體一一細說分明的。有些夫妻只是看得順眼、還過得去，就在一起了。那麼——」

八重她？對我？毫無理由地厭惡？

「八重不是那種女人。」

「是，這我明白。不過我說助四郎兄，是否——就是正因為如此？」

「什麼叫正因為如此？」

「聽著，人是會變的。」

這助四郎知道。

「或許也是有毫無理由地生厭這回事的。不，就是有。然後呢，一般這要是普通的蠢笨夫妻，一旦變得如此，就只好破鏡分離了。無論有無理由，討厭就是討厭、噁心就是噁心。然後吵起架來。但因為毫無理由，也沒法有個了局。鬧到最後，壞事全是對方害的，就連颳風下雨，都覺得是另一半搞的鬼，連對方的臉都不願意看見。演變成這樣，就只剩下拳腳相向了。老公在外頭養女人、流連不歸；老婆紅杏出牆，要不就逃回娘家。接下來就是休妻了。不是離家就是被逐出家門，有時還會演變成殺人戲碼。這就是俗世間的夫妻爭吵。夫妻爭吵沒有理由。事實上是有

這種事的。」

別的人家啦，林藏強調。

「噯，總之一個蠢字。看在助四郎兄眼裡，真正是愚不可及對吧？不過呢，萬一八重夫人深陷這樣的想法——」

「八重她嗎——？」

「是。八重夫人是個賢慧的人。就助四郎兄形容的聽來，老兄固然令人敬佩，但尊夫人也同樣令人景仰。」

「我也就罷了，但八重是個十全十美的人。所以——」

「正因為如此——她一定不會拿如此荒誕無理的理由來責備助四郎兄，或是挑起爭端、牢騷埋怨。因為她明白這樣的想法毫無道理，所以才默默忍受。我說的不對嗎？」

「這——」

她一定是在忍受。

「可是，那樣一來——」

除了我從八重面前消失以外，再沒有讓她恢復平靜的方法了。

這——

「這實在——」

「所以說囉。」

人是會變的——不知為何，林藏傲然宣言道。

「人會變，這也就是說，」

人是可以改變的。

「這話是什麼意思？」助四郎問。

「所以才要請八重夫人過來這裡。」

林藏說。

「就老兄說的聽來，這事實在太沒道理。嗳，若是如同老兄所言，那麼要讓八重夫人重拾笑容，就只有兩條路。一是助四郎兄從八重夫人面前消失，另一條路，則是將這毫無道理的想法，從八重夫人的內心——」

驅逐出去，林藏說。

「驅逐出去？」

「是。小弟說過許多次，朝夕人不同，人是會變的。我是這種性情、我是這樣的人、我這麼認為——這些種種想法，其實都只是一廂情願。好惡也只是一廂情願。只要沒了這一廂情願的想法，人要變成什麼樣都成。」

「不過，林藏老弟，這不是旁人能夠如何的吧？」

「咱們幹的這行當，就是將不能夠如何之事，」

扭轉乾坤。

「扭轉乾坤？」

「咱們呢，有時——」

連死人都能使其復生，林藏說。

仁藏也大發豪語，說能夠消滅藩國。這點事對他們而言，或許真的不算什麼。

「當然，在詳查清楚之前，我不敢保證什麼。八重夫人的想法——咱們的人會在路上悉心打聽。」

原來如此。

刻意將八重帶到大坂來，應該就是為了這個目的。如果由他們跑一趟過去，只是浪費時間。

不過。

「八重真的過來這裡了？」

「不出幾日即能抵達。」

「可是，是怎麼——」

助四郎想不到有什麼理由能把八重帶出來。

助四郎謊稱要到西國各地洽商而離家。欺騙八重，令他極為痛苦，但總不能說：因為妳不笑，我去大坂找人商量。

「當然，」

林藏再次傲然地笑。

「咱們使了一點計謀。」
「你們——騙了八重？」
這。
林藏揮揮右手：
「我明白老兄於心不安，但有時謊言是必要的。再說，咱們撒的謊，絕不會給助四郎兄造成任何麻煩。萬一敗露，錯也在咱們身上。這部分安排得妥妥貼貼。只要是為了客人，什麼樣的醜事罵名，咱們都樂意一肩扛下，這就是咱們的營生。咱們有自知之明。」
毋需多慮。
「待八重夫人抵達，」
事情一定會有個了結。
「還請稍安勿躁。」
林藏說。
助四郎有些害怕起來。

【肆】

因為沒算日子，助四郎也不清楚來到大坂之後，究竟過了幾日？半個月？二十天？起碼也過了這麼些日子。

這段期間，助四郎不厭其煩、鉅細靡遺地將他與八重的相處告訴林藏。林藏極擅長聆聽，就連拙於言辭的助四郎，應該都毫無遺漏地道出一切了。

他沒有撒謊。

也沒有誇張。

難以啟齒之事，也全部坦白了。亦無有隱瞞。

不——助四郎已經不把林藏當外人看了。林藏對他，就是如此一片赤心。

他能言善道，善體人意。

他一定能夠幫我——

助四郎也幾乎開始如此相信了。

他只擔憂一件事。

雖然不知道究竟要怎麼做。

但是要改變八重。

讓他覺得不甚樂意。

就像林藏說的，人是會變的吧。所以也才能改變。

再者，倘若真如林藏所言，人的改變，或許與該人的意志無關、也毫無理由。

即使如此。

以外力強加改變——

這真的好嗎？

為了助四郎希望而改變八重，這樣對嗎？

不，不對——

不是自己希望，助四郎想。一切都是因為八重似乎不幸福、看起來不幸福、助四郎覺得她不幸福，所以。

沒錯，八重的不幸，就是助四郎的不幸。

如此一想，改變八重，也說得上是為了八重著想。

譬如說，這若是病，就把它當成治病。

若是犯了某些錯，就當成是改過自新。

若是扭曲變形，就想成是恢復原狀。

這並非無視八重的意志，將八重改變成助四郎想要的樣子。

絕對不是的。

助四郎如此說服自己。

不過。

窗外的景色也漸漸令人生膩了。

街景街景街景。

繁華的街景。

人人人。

大坂是塊富庶之地，充斥著人與物。與土佐截然不同。土佐也是塊富庶的土地，卻有某些不同。

助四郎認為，自己無法在這種地方生活。

然後他想到八重。

想到八重的笑容。

這時紙門「唰」一聲打開來。

林藏一反常態，一臉嚴峻地站在那裡。

「林藏老弟——」

「助四郎兄，做出了結的日子終於到了。」

林藏這麼說。

「那麼八重她——」

「是的。八重夫人和小少爺已經到港口了。一文字屋的女傭在照料她們兩位。因為兼程趕路，她們似乎累壞了。咱們的人先一步回來，我剛聽他說明詳情。」

「那——」

那，會怎麼樣？

要怎麼做？

「因此——我有幾個問題想要再請教一下，助四郎兄。」

「還有——什麼事要問？」

「是。端看助四郎兄如何回答，咱們的處置也將有所不同，價碼也會不同。」

「錢不打緊，多少錢我都會付。要我多付些也行。對了，我現在就付。」

助四郎從小行囊裡頭取出一包金子。

「這裡是三百兩，這樣夠嗎？」

林藏站著俯視那包金子，說：

「既然如此，請先擱在那兒。再貴也不會向老兄收得更多。若是可以省事點，二十兩就夠了。這包括船資、工錢和客棧錢。」

助四郎依林藏所言，把錢放到榻榻米上，仰頭看林藏。

「那，知道什麼了嗎？」

「是。釐清了——許多事。首先，助四郎兄，」

你連一次都沒有向八重夫人撒過謊吧？林藏說。

「事到如今還問這什麼問題？林藏老弟，我——」

「不，我明白老兄沒有向夫人撒謊，也不打算對她撒謊。所以我這是在確定，你是不是把所有的一切，連不必說的事，也全都告訴了夫人？」

「什麼叫不必說的事？」
都說了這麼多，他還要問什麼？
「我從來沒有向八重隱瞞任何事。我對她總是開誠布公。」
老天在上，這點他敢發誓。
林藏也不關上紙門，杵在門檻外，望了助四郎半晌。
——怎麼了？
這悲傷、哀憐、疏遠——不，畏懼般的眼神，是怎麼回事？
這眼神。
跟八重一樣。
林藏——
聽說了什麼？
「助四郎兄，你說只要是為了八重夫人，什麼事你都會為她做。只要她開心、她想要、她喜歡。」
「對，沒錯。我為她付出，什麼事都為她做了，往後也會這麼做。我會一直付出下去。」
「那麼，令八重夫人厭惡、悲傷、困擾的事，你也都為她一一鏟除了。」
「這是當然。」
「你真的為她鏟除了？」

「怎麼還問這種問題——不，你——」

聽八重說了什麼嗎？

難道助四郎有什麼疏失嗎？

「是我遺漏了什麼嗎？你的意思是，我放過了什麼八重討厭的東西嗎？」

是什麼？

那到底是什麼？

「不，這不可能。我應該做得無微不至、漏水不漏。她說西曬刺眼、鑽進屋裡的風很冷，所以我把小鋪子改建成大宅子。她說水井不好用，我便雇人重新挖過。她說討厭老鼠，我就把家中的老鼠全消滅了。放了捕鼠器、養了貓，從屋內到全村，把所有的老鼠全驅光了——」

她說蜘蛛可怕，

便把蜘蛛驅逐了。

她說蛞蝓噁心，

便把蛞蝓消滅了。

「只是這樣而已嗎？」

「什麼叫這樣而已？」

「不，這全是些不值一提的小事。這點程度的事，不好意思，任誰都辦得到啊。改建屋子、挖水井，只要有錢就做得到；至於抓蟲子，更是連三歲孩童都有辦法。」

「你少瞎說了。」

我做的事。

我做的事可不只如此。

「對了，聽說八重夫人在嫁給助四郎兄之前，」

有個可惡的男人對她糾纏不清？林藏說。

——与吉嗎？

「你聽八重說的嗎？」

与吉痴戀八重，對她死纏爛打，糾纏不休。八重嫁給助四郎後，与吉仍三番兩次找上門來，向拒絕了他的八重求歡，甚至趁夜摸進屋裡，或在外頭埋伏，想要強占她，是個下賤的東西。

八重很害怕、厭惡，還哭了。

「与吉——已經不在了。」

「聽說，八重夫人與助四郎兄共結連理。」

過上富裕的幸福日子後，有個姑娘嫉妒她的境況，對她酸言冷語？林藏接著說。

——阿染嗎？

阿染是個惡毒的姑娘。她原本是八重的好姊妹，卻對她極盡冷嘲熱諷，不僅如此，甚至還想勾搭助四郎。明明之前看助四郎的眼神那樣不屑。自小認識的好姊妹如此翻臉不認人，令八重傷心不已。

「阿染也不在村子了。」

「不在了啊？」

「八重很痛苦。阿染那樣子，兩人也不可能言歸於好。」

「還有八重夫人的叔叔，」

聽說他直到最後都反對姪女跟助四郎兄廝守在一起，令八重夫人相當煩惱，是吧？林藏說。

——是源吉。

狗眼看人低，罵他是怪物鐵匠、惡狼。散播姪女婿的壞話，又能如何？結果害得八重不曉得有多傷心。叔叔這人就是沒口德，教人頭疼，請夫君別放在心上，看在我的面上，別跟他計較吧。八重哭泣賠罪的悲容，教助四郎這輩子都忘不了。八重根本不需要道歉。

居然惹哭八重。

「還有，」

林藏繼續說道。

「越嶺前來乞討的山民、行腳的六部，似乎也讓八重夫人頗為頭疼。」

「那夥人啊。」

他們。

比老鼠更難收拾。

再怎麼趕、再怎麼抓，就是沒完沒了地冒出來。

施捨他們是會離開，卻會食髓知味，一再回來，而且風聲傳出去後，上門的人是愈來愈多，怎麼打發都打發不完。不施捨他們，就出言恐嚇。

「荒唐可笑地威脅什麼你家有御先（註13）糾纏、犬神憑附。還瞎說什麼有作祟、是詛咒。他們只是一幫敲竹槓的，靠著勒索取財過日子，惡劣到家。」

八重的心腸太好。

所以為他們吃了不少苦。送米糧、賞銀子，都竭盡所能了，他們卻嘶喊著還不夠、還不夠，像蛆蟲一樣源源不絕地冒出來。

雖然我很同情他們，

但長此以往——八重說。

「這些事——」

不必擔心。都交給我。

「林藏老弟，你——究竟想說什麼？只要是惹哭八重、令八重困擾的傢伙，不管是誰，我絕不放過。村子裡再也沒有讓八重難過的東西了，也沒有令她的心蒙上烏雲的事情了。害她痛苦的人——」

也一個不留了。

註13：御先是日本各種神靈的前導靈之總稱。

「我全都除掉了。山民也是，不管來上多少都一樣。不管來上多少，我都會斬草除根。」

「這樣啊。」

「這是當然。我不是說了嗎？只要是為了八重，我什麼都願意做。」

「老兄——什麼都做了呢。」

「對，我什麼都做了。八重是個恬淡寡欲的人，也很少開口要什麼，但只要她開口，我什麼都買給她。不論是衣裳、口紅、簪子、腰帶，什麼都買給她了。她很開心。她真的心地純真，對我謝個沒完，說她配不上、給她太可惜了。不光是錢而已，我也為她費工夫、花心思，做得到的都為她做了。」

「你真的，什麼——都為她做了呢。」

「你這人也太囉唆。她說缺衣櫃，就買給她最豪華的櫃子；她說被褥舊了，就買給她最高級的被子，我什麼都買給她了。她央求想要孩子，所以——」

我買了個孩子給她。

「用——買的嗎？」

「這還用說嗎？生孩子那麼危險，怎麼能讓她涉險？要她頂個那麼大的肚子，豈不是太委屈了？生產的時候很苦對吧？再說，萬一過程出了什麼差錯，那可怎麼辦？生孩子就像賭命。即便生產順利，也有些人產後調養不過來，就這樣喪了命。如此——」

危險的事。
「你買了孩子給她——八重夫人開心嗎？」
林藏別開臉問道。
這還用說嗎？助四郎答道。
「她再三央求，說想要個娃兒。八重很少像那樣央求什麼，實在難得。買給她，她哪有不開心的理？」
八重很疼孩子。
悉心照顧。
「這——樣啊。」
林藏說著，別開的臉又轉向助四郎。
「助四郎兄。」
「怎麼了？林藏老弟，別囉唆這麼多了，快點讓我見八重，然後把八重內心那些沒道理的想法給抹了去吧。咱們說好的不是嗎？錢，我有。」
助四郎兄，林藏打斷助四郎的話。
「你聽著，這兒是關鍵。」
林藏說，轉過身子，彎身拿起似乎擺在走廊的某樣東西。熟悉的聲響。林藏回頭，將那樣東西舉至前方。

是一把大刀。
「什、什麼？」
這是——
林藏將刀身推出鞘口。
喀噠一聲。
瞬間，房間湛滿了寒氣。
「真正是一出鞘，冷森一片寒光——不愧是老兄鍛的刀。」
這傢伙看來鋒利得很，林藏道。
它確實銳利。
林藏抽出約五寸刀身，湊近自己的臉。
刀刃反射陽光，發出冷冽的光輝。
「令人讚嘆。是這年頭難得一見的腰反打刀（註14）。糠目肌底紋，濤瀾亂紋（註15）。這把大刀出自無名巨匠，土佐刀匠助四郎之手——對吧，助四郎兄？」
沒錯。
不必近看，也決不會認錯。
是助四郎鍛造的刀。可是。它怎麼會在這裡？
「喂，林藏老弟，那把刀，那刀鞘還有刀柄，那——」

不是為客人鍛造的刀。

是助四郎自己的——

「一定鋒利無匹吧。」

「廢、廢話。喂，你適可而止一點。那把刀，你是從哪裡拿來的——」

「要鍛造得如此鋒利，一定需要特殊的技法。是什麼技法呢？是研磨方式不同嗎？」

「是——鍛造方式不同。」

「鍛造啊？」

「不管研磨得再怎麼鋒利，刀身太脆，一下就會缺損。要是太軟，兩三下就彎了。」

必須堅韌、強硬。

「刀子最早是拿來刺的。要刺東西，直刀更適合。不過要斬東西，需要弧度。形狀很重要。就看如何把鋼鍛造成那種形狀。還有——」

其實這些都無關緊要。

「老兄是說錘鍊的方法嗎？」

註14：腰反為日本刀術語，指刀身彎曲的中心接近刀柄的造型。打刀是日本刀的一種，為用於實戰互砍的刀，佩在腰間時，刀刃朝上，可順著拔刀的動作順暢地劈斬。

註15：肌為日本刀刀身上的紋理，糠目肌指的是有如灑上米糠般的紋理。濤瀾亂紋指日本刀刀身上如洶湧波濤般的紋路形式，此為江戶時期的刀工助廣所創始。

「當然，錘鍊和研磨都很重要。不過——」

「火候。」

林藏說。

「什——」

他說什麼？

「我聽說過，熾烈的爐火能燒得有多旺，是祕訣所在。」

「這、這是當然。」

「這熱度要如何測量呢？總不能像洗澡水那樣拿手去試，也不像煮水，開了就沸。」

「這沒法子測量。」

「那——」

「不能告訴你。」

「是不傳之祕嗎？」

「沒錯。這還用說嗎？這麼重要的事，豈能輕易告訴外人。」

「那麼——夫人的話呢？」

「什、什麼？」

「助四郎兄，一開始——你說你對八重夫人從不隱瞞。那麼這個祕密，爐火的溫度如何調節——」

你也告訴她了嗎？

「這。這種事——」

我說了嗎？

不。

「你絕不會隱瞞八重夫人，不是嗎？」

「這、這沒有什麼隱不隱瞞的。打鐵的工作跟八重又無關——」

「若她問起，你會回答嗎？」

「她問——」

她問了嗎？

也許問了。

如果她問，

——我回答了嗎？

「助四郎兄，你這個人誠實過頭，就像個傻子似地，對夫人掏心挖肺。可是，」

事情是有限度的。

限度？什麼限度？

「世上有些事情，是不必說出來的。裡頭也有些事情，最好隱瞞不說。聽好了，助四郎兄，這兒是真正的分歧點。」

你據實告訴八重夫人了嗎——？

林藏凌厲地瞪住助四郎。

「我——」

說了。

沒錯，告訴她了。

然後、然後八重就。

這麼說來，從那之後，八重就鬱鬱寡歡——

「這樣。」

林藏收刀入鞘，跨過門檻，步至助四郎面前，說了聲「此刀奉還老兄」，恭敬地置於榻榻米上。接著拿起裝錢的袋子。

「還有，助四郎兄。」

「什、什麼？」

「有些事即使對你是天經地義，對世人來說也全非如此。這世上有些事——」

是絕不能做的。

「到、到底是怎麼了？八重呢？我要見八重——」

「很遺憾，助四郎兄。你——」

再也見不到八重夫人了。

林藏將金子收入懷中說。

助四郎懷疑自己聽錯了。

「你說什麼？你再說一次。」

「我說，你見不到八重夫人了。」

「什、什麼？」

助四郎抓住刀柄。

「你在胡說八道些什麼？你這是在耍我嗎？八重——」

八重怎麼了？

她人在哪裡？

「八重夫人並未到大坂來。」

「沒有來？那你剛才——」

「剛才我說的——是謊言。」

「什麼？那麼你先前所說的一切，全都——」

是假的嗎？

「可惡！」

助四郎拔出大刀。

這個。

這個男人。

林藏倏地後退，再次退出門檻外。

「請別誤會了。倘若我有意欺騙老兄，何必花這麼多時間、費這麼多工夫？聽著，我之所以撒謊，全是為了不願驚嚇老兄。因為這事實在太殘酷了，考慮到老兄的心情，我才會編出這樣一套善意的謊言。」

事實太殘酷？

確實，林藏的樣子很不對勁。

「八重——出了什麼事嗎？」

林藏點點頭。

「其實呢，助四郎兄，即使我們想帶八重夫人過來，也無法實現。因為在你離開土佐之後，八重夫人就——」

遇害了。

「你、你少胡說八道！」

助四郎揮刀砍過半空。

「這是真的。你一離開那塊土地，八重夫人就被村人——誅滅了。」

「誅、誅滅？」

這人在胡言亂語些什麼？

「沒錯，就是如此。你不也在懷疑嗎？懷疑八重夫人——」

是狼。

「什麼？」

「人果然是會變的。八重夫人變成了野獸。」

「你、你少在那裡瘋言瘋語！」

大刀往旁邊一砍。一道裂風之聲。

「這並非瘋言瘋語。連身為丈夫的你都起疑了，村人怎麼可能毫無疑心？」

「你、你是說村人早就在懷疑八重嗎！」

「自古以來，鐵匠鋪的老太婆就會化身怪物，那是攫人而食的狼、是野獸——人們都背地裡如此議論紛紛。」

「背地裡——」

「據說這陣子有許多人下落不明，乞丐、六部、甚至連旅人都消失了，村人也遑遑不安。」

「那、那是——」

「不，找到不動如山的證據了。村人闖進宅子要抓八重夫人，結果在熄了火的爐底下，發現了——」

大量的人骨碎片。

「啊——！」

那是。

這怎麼可能。

「不、不可能找到那種東西。那是連鋼都會熔化的高溫，骨頭早就燒光散盡了，連炭也不剩，一絲骨灰也不留，什麼都——」

全部，都錘入你手中那把刀了嗎？林藏說。

「無論如何，皆為時已晚。八重夫人被殺了。已經死了。既然死了，也無法將她帶來了。」

死了。八重夫人被殺了。

被大卸八塊、消滅了。

那是我、都是我害的嗎？不。

「鍛冶姥的子孫、野獸——」

野獸是我才對。

助四郎持刀朝脖子上一刺，當場斃命了。

「如此，金比羅終焉矣——」

這是助四郎聽見的最後一句話。

【後】

總覺得教人摸不著頭腦呢，六道柳次說。

「而且客棧的老爺子大發雷霆啊，姓林的。榻榻米一片血海，血都滲到一樓去了。那可不是翻個面就可以了事的。」

不勞操心，林藏隨口敷衍道。

「已經給了他好一筆銀子做賠償，足夠他買上三十張榻榻米都還有找。他可沒啥好抱怨的。」

「或許是吧，可是那樣一大批官差進進出出，搞得人家生意也甭做了不是嗎？」

那家客棧也不是清清白白吧？柳次說。

確實如此。

「噯，或許多少是有些不便，不過這點程度的麻煩就要倒店的話，也不必在這大坂混了。再說，反正八成也是那老狸子手下的客棧。」

倒了正好，林藏啐道。

「唔，或許吧，不過——」

這樣就好了嗎？柳次問。

「在我看來，以你而言，這回收拾得實在倉卒。」

「是啊。」

畢竟人都死在眼前了。

「餘味也糟透了。不過唯獨這回，我覺得像這樣收場，也是沒法子的事——」
林藏不說這是個好結局。
但總有會演變成如此的預感。
所以才會把刀交出去，不是嗎？
你自個兒不也千鈞一髮？柳次蹙起眉頭說。
「萬一他朝你砍來，你這條小命可要嗚呼哀哉。依我之見，那傢伙身手不凡。不是劍客的太刀術，那可是殺人的劍術，因此更是凶險了。這你明明也清楚吧？怎麼又把刀給了他？那把刀是特意要文作從土佐送來的吧？」
為什麼呢？林藏就是覺得應該把刀交給他。
「而且臨到關頭，還瞎扯那種謊。什麼八重夫人被殺了，萬一惹惱了他可怎麼辦？那豈不就像俗話說的，送刀給瘋子嗎？簡直就像在叫他宰了你。」
「我不會有事的。」
這一點林藏有十足把握。
「那個助四郎不是惡徒，也非狂人。不管再怎樣怒氣攻心，也不會傻到不分青紅皂白地見人就砍。」
「人一氣昏頭，就不曉得會做出什麼傻事來啊。住後頭的老太婆也是，醋罈子一打翻，就要亂揮起菜刀來呢。」

「或許是吧，不過——」
林藏有預感，助四郎可能會選擇死路。
但他絲毫不擔憂會命喪助四郎刀下。
「噯，好吧。我只是覺得，以行事謹慎的你來說，這回實在是漏洞百出。倒是林藏，說到那刀匠，那究竟是怎麼一回事？」
他是失了限度，林藏答道。
「限度？」
「對，限度。凡事都有個限度。你聽著，六道，但凡世上之物，全都是毒。縱然是良藥，一旦搞錯了份量，亦是毒藥。即便是醬油，灌上幾桶子一樣要死人。只要過了量，什麼都是毒。」
「那傢伙——是搞錯了什麼份量？」
「他過分溺愛了。」
這我更不懂了，柳次說。
「你是說，用情過深，也會變成毒嗎？」
是啊，林藏回答。
「聽著，助四郎是打從心底疼惜、鍾愛八重夫人。只要是他做得到的事，什麼都想為夫人做，他是真心這麼想的。」
「這是說，他叨叨絮絮地告訴你的那些，全是真話？沒有謊言，也沒有粉飾？」

「沒有。」

這一點林藏也確信著。

助四郎對林藏說的，全屬肺腑之言。林藏相信那番述懷之中，沒有虛偽，也沒有隱諱。

「他並非誤入歧途，只是過了頭。做得太過火了——」

就在——

助四郎求助一文字屋時，祭文語文作恰巧人在土佐附近。林藏不知道仁藏是如何與他遠方的手下取得連繫，但文作一接到消息，便立時趕往佐喜濱，一探究竟。

「想橫刀奪愛的与吉、半是嫉妒地酸了幾句的阿染，還有似乎不中意助四郎這個姪女婿的叔叔源吉是嗎？他們全都——」

「是啊，全被助四郎除掉了。」

就像老鼠蜘蛛一樣。

「他把他們——給殺了嗎？」

「對，把他們給殺了。還有來乞求施捨的山民、流浪的叫化子、行腳的六部——這些人也——」

「全被殺了嗎？」

「似乎是呢。」

你果然差點也要沒命了嘛！柳次說。

「他到底殺了多少人？根本就殺紅了眼嘛。好吧，老公宰了糾纏自己老婆的色胚子，這種事也不是沒聽說，不過其他人又怎麼說？」

「所以才說他做過頭了。」

阿染原本是八重的知心姊妹。

兩人似乎也並未鬧翻。只是對於比自己先出嫁、又是村裡公認嫁得最好的八重，阿染沒有多想，就說了幾句酸話——好像只是這麼點小事罷了。加之阿染對助四郎似乎懷有淡淡的情愫，但助四郎在與八重結為連理前，在村中受人孤立，即使想要與他攀談，也無法如願。

「據說八重夫人只是唸了句：阿染也真教人頭疼呢。」

「只是這樣，就把人宰了？」

「是啊。因為八重說頭疼，」

所以把阿染殺了。

這未免太殘忍了，柳次說。

「叔叔也是這點程度的事嗎？」

「似乎是。噯，哪兒都少不了沒口德的醉鬼，再沒有比親戚大叔更愛謾罵自家人的了。說打鐵鋪的壞話，似乎也是這類酒後牢騷。」

「如果這樣就要挨刀子，路上的醉老頭全都已經歸西了。那——行腳的六部和叫化子也是——怎麼，一上門就被一刀兩斷嗎？」

「不是。」

「怎麼不是？」

「等上門再殺就遲了。」

「啊，媳婦看了他們就煩嗎？」

「八重夫人並不討厭他們。」

八重心腸很好，反倒是想施捨這些窮困的人。八重認為她們家境富裕，樂善好施是分內之事。但話又說回來，這些財產全都是助四郎攢下的，將它們花在施捨上頭，令她多少有些過意不去。

然而這些人——

「沒完沒了，不停地上門。」

「知道這兒有好處，當然全往這兒跑囉。那麼媳婦會感到為難，也是——啊，是這樣的為難啊。」

「沒錯。助四郎這個人，真正為八重設想，只要是為了八重好，什麼事都會為她做。然而——」

八重真正的心思，他卻半點也沒體諒。

「他派人盯著，只要有外人靠近打鐵鋪，就有人來通風報信。然後在他們靠近家門之前——」

就像消滅蛞蝓那樣。就在鍛冶姥的墳前。助四郎斬殺了數不清的人。

「噯，這確實是過頭了。豈止過頭，完全悖離人倫了。可是啊，姓林的，最重要的八重夫人——對此感到開心嗎？」

「哪有什麼開心可言？」

「怎麼說？」

「与吉、阿染和源吉，還有行腳的六部和叫化子——都只是消失了。不見了而已。對八重夫人來說，她只是納悶：最近怎麼都不見叫化子上門了？」

如同字面所述。

助四郎刨除了八重煩惱的根源。

「八重夫人不知道那些人被丈夫殺了嗎？」

「照一般想，怎麼也想不到會有人因為這樣就殺人吧？」

「是這樣沒錯，可是——」

「她似乎甚至沒想到他們死了。叔叔和好姊妹，唔，就像遇上神隱（註16）吧。不是離家出走，就是在山裡頭被熊給吃了，而六部、巡禮僧，她似乎以為只是變少了。」

對助四郎來說，這樣就夠了。助四郎做這些，並不是要討八重歡心。他只是除掉帶來困擾的

註16：古時日本人認為人無故神祕失蹤，是天狗或山神等神靈所為，稱為神隱。

種子。
「她甚至沒有懷疑過嗎？」
「好像。不過——這似乎也只到聽見助四郎提起某件事為止。」
「她聽見什麼？」
「爐火。」
「爐火——？」
沒錯。
助四郎用殺死的人來燒爐。
什麼跟什麼啊這？柳次怪叫說。
「這並不稀罕啊。告訴你，鍛造師傅拿屍體燒爐的事，是自古就有的傳說。人的屍體有油脂什麼的，骨頭還有磷分，放進爐子裡——」
爐火就會燒得特別旺——
「真的假的？」
「傳說啦。不，我以為是傳說。雖然聽聞過這種荒唐的說法，卻也沒聽說過真有哪兒這麼做。就算真有人這麼做，也不可能說出來，況且這年頭應該也很難了。可是啊——亂紋刃助四郎的刀，它鋒利的祕密似乎就在這上頭，也就是放了人屍進去燒。」
「喂，這是真的嗎？難不成他們代代都燒屍鍛刀？」

「上代也這麼做，或者是從助四郎才開始的——這已經無從追究了。也許只是有這樣的口傳，說這樣做會更好。不過即便要實行，也是不可能的事。畢竟，要上哪弄來人屍啊？不過，唯獨這一點可以斷定，那就是自從助四郎開始殺人以後——」

刀匠助四郎的聲名——登時大噪。

「打出來的刀變得更好了是嗎？」

「應該是。也可能只是碰巧弄到屍體，所以試了一下，不想效果非凡。」

「而且還可以毀屍滅跡，一石二鳥——不過居然不會曝光吶。再說，鍛刀需要兩個人合力吧？他沒有搭檔嗎？」

「據說助四郎向來獨力鍛刀。我原本以為他的父親過世，他只好一個人來，但似乎不是。收了徒弟以後，製作重要的刀子時，他仍舊是一個人鍛造。」

「因為要燒屍體，所以躲起來一個人搞嗎？」

「也許作法當中，原本就是得一個人鍛造。」

也可以說，因此事跡才沒有敗露。

「噯，這都不重要。重要的是——某一天，八重夫人問了他。」

為什麼——

夫君能打造出如此鋒利絕倫的刀——？

「助四郎早已發誓絕不隱瞞妻子任何事，並且貫徹到底。因此他坦白相告。」

「他、他傻了嗎？這種事——」

他就是個傻子，林藏說。

「然後八重夫人悟出了一切。与吉、阿染、源吉，是不是全都被這個人給——」

——殺掉了？

——沒錯，就是如此。

八重有了確信，為此痛苦不堪。

「但是她卻無計可施。她沒有證據，也不敢質問丈夫。而且她怕極了。因為助四郎連一絲愧疚的樣子都沒有。這更是令人膽寒。」

「也就是——他半點都不覺得自己做錯了？」

「交給我來辦、可以安心了、我會想法子解決——這些溫情脈脈的話——」

一口氣成了令人魂飛魄散的恫嚇。

「所以——八重夫人才會變得鬱鬱寡歡嗎？」

「似乎是。不過從以前開始，八重夫人似乎就為了丈夫不同於一般的言行而苦惱。世上有哪個男人遇到妻子想要孩子，就買個孩子來充數的？這太匪夷所思了。太古怪了，對吧？」

怪到家了，柳次也同意。

「可是，在這之前，她一直認為應該要忍耐。即使人有些怪，助四郎終歸是個老實體貼的好丈夫。肯賺錢、疼老婆，這要是埋怨，未免太不知足了。孩子也是，縱使不是親生的，她也說只要好好呵護拉拔，也是一樣的——」

然而，唯有殺人。

唯有殺人令她無法容忍吧。

「縱然沒有惡意，他也殺了那麼多人。饒是如此，或許仍有辦法贖罪、重新來過，或有其他路子好走——不過要他明白這些——」

應該很難吧，柳次說。

「噯，八重夫人和小少爺也是，既然知道了真相，也不好回去土佐了，即便回去，也難以繼續在那裡過日子吧。我原本想從助四郎留下的錢裡頭扣掉工錢，把這二百兩交給夫人，讓她們在別處重新來過，不過——」

林藏決定再撒個謊，告訴她們：

助四郎是為自己的罪行懺悔，以死贖罪了——

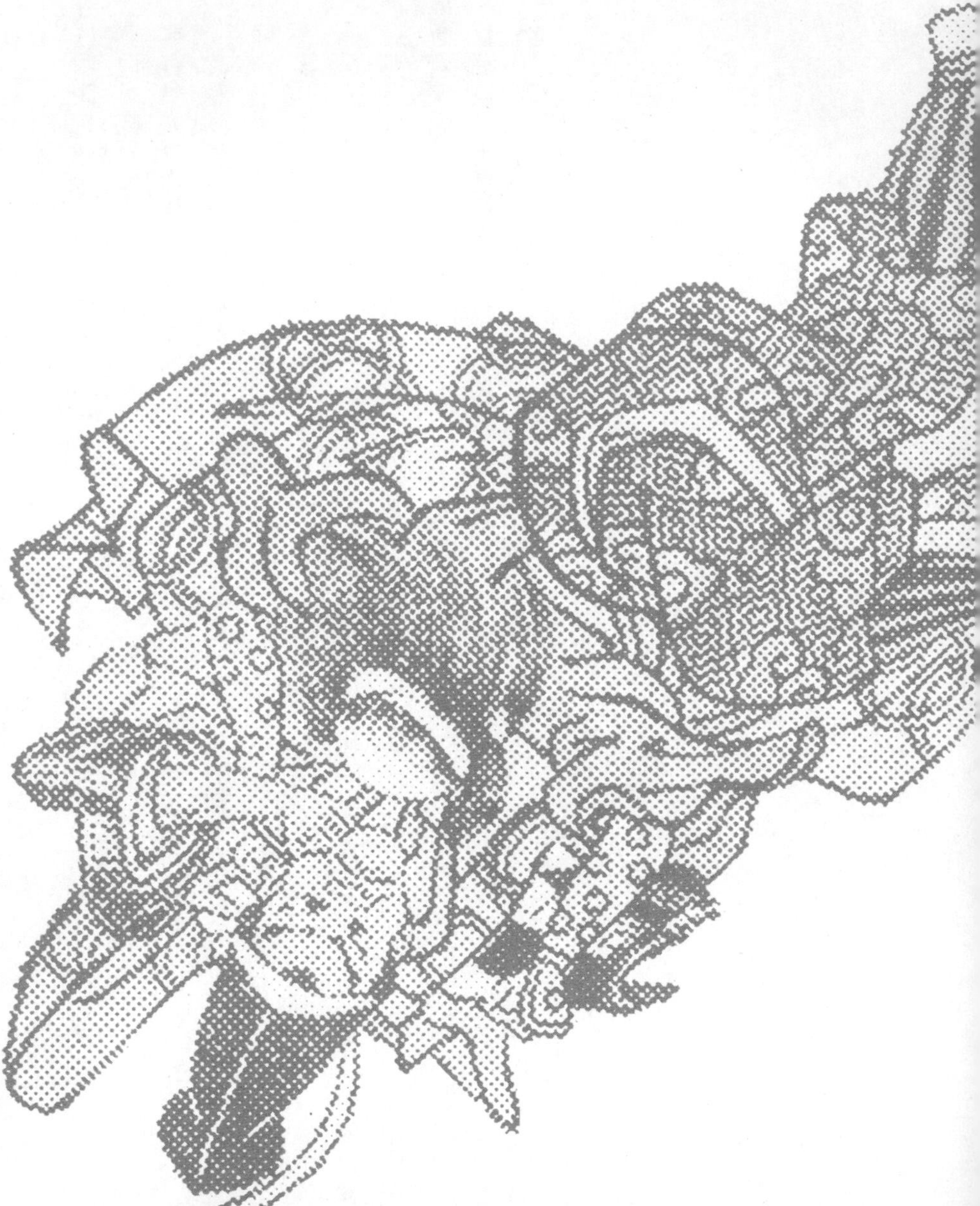

夜樂屋

（前略）丑時三刻入樂屋（註1），則必睹異象，
此本尋常事矣
首級於架上瞠目，斷臂染血綿（註2）之紅，或
嗔怒，或含笑，此原摹刻人靈之故也（後略）

——繪本百物語・桃山人夜話卷第五／第四十三

【壹】

偶頭裂了。

這下不得了了。不是換顆頭這麼容易的事。這得重新拾掇起，否則沒法好好地成個角色。

與其說成不了角色，倒不如說，沒法擔綱角色。

人偶是配合每一個角色，個別打造的。因此人偶絕不會有無法勝任角色的狀況。因為人偶是配合角色，挑選最恰當的頭、手、腳等一切部件，打點出最適合的樣貌，故不可能無法勝任。

活生生的戲子就無法如此了。

衣裳、妝容可以變，但沒法將甲的臉安在乙的身體上，用丙的聲音去演。戲子只能精進自己的演技，設法貼近角色。縱然如此，體格依舊無從改變，聲音的變化亦有極限。

人偶的組合卻是自由自在。只要有能巧妙說唱的太夫（註3）、悅耳彈奏的三味線（註4）

註1：樂屋即後台。
註2：血綿是歌舞伎等傳統戲劇中，用來令傷口看似出血的染紅棉花。
註3：太夫為淨瑠璃中負責說唱的人員。
註4：三味線為日本傳統撥弦樂器，以貓皮或狗皮製作，僅三弦。原為盲人樂師的樂器，江戶時代以後，成為藝術、民俗音樂之代表樂器。

手，就能塑造出心中想要的角色。
不過，
演戲的不是人偶。
而是操偶師。
人偶只不過是操偶師的道具。
若操偶師能力不足，人偶打點得再精緻，仍是死物。不過沒有能力的操偶師，根本也無法拾掇出一個契合角色的好人偶。
每一顆偶頭也都不同。
決定這次的戲要用哪一顆偶頭後，便得從一到十，張羅齊全，精心拾掇。重上胡粉（註5）、修整打理、梳紮頭髮、縫製衣裳、挑選手腳，像這樣積沙成塔，如同字面形容，逐一打造出這次的角色形姿。
如此精心打點好的、最妥貼的偶頭，
鹽冶判官（註6）的偶頭。
居然裂了。
藤本豐二郎連聲音都沒了。不，連呼吸都不能了。
這是怎麼啦？出了什麼事？只聽見太夫的聲音在遠處響著。
接下來腦中一片空白，任何動靜聲響都聽不見了。只有嘈雜的振動，如同漣漪般在腦袋深處迴響。

就彷彿一下子去掉了半條命。

「又、又是人偶相爭嗎？」

負責戲服的德三說。這話令豐二郎回過神來：

「人偶相爭——」

「是拾掇得過於完美了吧。」

確實。

後台一片兵荒馬亂。

沒有一個人偶是整齊擺放，全都散亂一地。鹽冶判官仰躺在正中央，而高師直壓將上去似地騎在上頭。

判官的頭都滾到門邊去了。

不僅如此，還從額頭處裂成了兩半。

「不像是睡夢中被割下脖子呢。這是相爭啊。與松之大廊（註7）恰恰相反。總是遭判官砍

註5：以燒過磨碎的貝殼製作的白色顏料。

註6：鹽冶判官為人形淨瑠璃的戲碼《假名手本忠臣藏》中的人物。此戲根據史實赤穗義士復仇事件改編。事件的開端，為高師直愛慕鹽冶判官之妻而不得，於殿堂上侮辱判官，致使判官砍傷高師直。結果鹽冶判官引咎切腹，鹽冶家遭到廢絕。而鹽冶家舊臣承判官遺命，對高師直展開復仇。

傷額頭的高師直，這回反過來砍了判官，最後砍下他的首級——是這麼回事嗎？」

「胡、胡說八道。」

豐二郎撿起偶頭喃喃道。

「怎可能有這種事？」

「事、事到如今，怎麼還說這種話？豐二郎，你總不會忘了吧？那顆頭——」

「那、那不是這顆頭害的。聽著，人偶只是道具。靈魂——」

是在這兒——豐二郎說，拍了拍自己的胸脯。

「操偶師是人偶的命，咱們操偶師才是人偶的心。少了咱們，人偶沒有生命可言。人偶自個兒哪可能有心？沒有心的東西，不會相爭。」

「可是——」

「聽著，八年前那件事，不是人偶害的。這顆頭是無辜的。那是操縱它的大師情感凝聚在上頭，驅使人偶活動了。是那股情感害了上代，不是嗎？還是怎樣？難道你要說是我的邪念讓操縱的人偶裂開了嗎？」

不是的、不是的，德三急忙辯白。

彈三味線的勇之助插口：

「噯，這下事情可麻煩了，諸位會這麼激動也是情有可緣，不過豐二郎也先冷靜一下。這回裂開的又不是你的頭嘛。倘若真如你所說，那麼有惡意的就是——」

你說的這是人話嗎！一道怒吼傳來。

米倉巳之吉掀開後台門上的簾子進來了。

「所以是怎樣？你這是在指控我有惡意嗎？勇之助？意思是我和我師父上代巳之吉一樣，嫌二代豐二郎礙眼嗎？」

「不是的——」

「你就是這個意思！高師直的偶師可是我。你這不就是在說，是我的惡意轉移到高師直身上，砍了鹽冶判官的頭嗎？」

就說我不是這意思了，勇之助欲哭地說。

德三表情扭曲：

「勇兄，你說不是——可是這麼一來，八年前的事情又怎麼說？當時可是鬧出了人命呢。」

「就是把兩件事混為一談，才會搞得這麼複雜。八年前是八年前，這次是這次，我是這個意思啦。」

你們少在那裡瞎攪和了，愈說愈混，這回太夫杉本兼太夫插口了。

「確實，這是一起大事。雖是大事，但這回出事的不是人，被砍頭的是人偶，也不會像上回那樣驚動奉行所。狀況不同。」

註7：《假名手本忠臣藏》開頭發生侮辱、刀傷事件的地點。

「不不不，也不能這麼說吧？確實沒有死人，也無人受傷，但也並非什麼事都沒有。倘若這不是人偶相爭——那就是人幹的好事了。既然如此，還是得報官吧？這慘狀非同小可，不是盜賊，就是有人看咱們不順眼，想用這種手段找咱們麻煩。」

確實如此，不過，兼太夫勸著。

「你冷靜一下吧，德三。當然，要是有賊人闖入，當然要報官來捉，但我說的不是這個。我的意思是，這又不是殺人凶案。聽著，物品遭破壞，跟有人遇害，可是天壤之別。殺人是不可挽回的滔天大罪，可是你看看，這壞掉的是人偶啊。既是人偶，就有得替換。」

「替換——」

不可能替換！豐二郎吼道。

「這場戲的鹽冶判官就是它，只有它演得來這角色！」

「就算你這麼說，豐二郎，都壞成這樣了，也沒法修了。用不著問修人偶的，就算黏回去，塗上顏料，也沒法復原了。」

沒辦法吧，數人彎身端詳豐二郎手中的偶頭說。這沒救了，巳之吉也彎腰看著這麼說。

「阿豐，這沒救了。毀了。得用別顆頭重新拾掇了。」

「沒有別的頭了。」

「不是多得很嗎？檢非違使（註8）的頭不只這一顆啊。」

「這——是獨一無二的。」

沒錯。

這顆頭是特別的。

對豐二郎而言，這顆頭是任何事物都難以取代的至寶。以這顆偶頭拾掇出來的人偶，就是豐二郎。不，遠勝於此。

會動。會活。是豐二郎操縱人偶，使其演出角色，但以這顆偶頭拾掇完成的人偶，卻非飾演角色，而是變成角色本身。

豐二郎只是讓它演出鹽冶判官，

這個人偶卻會變成鹽冶判官其人。

「這顆頭，全天下就只有這一顆。巳之吉，你也是主操（註9），這點事你應當明白。沒得替換的。這次的戲，不用這顆頭，我就沒法演出鹽冶判官。」

阿豐啊，巳之吉抬頭說。

「別耍孩子脾氣了。我不知道是誰弄壞它的，還是它自個兒壞的，但眼前它就是壞了。這修不好了。明知道卻還說這種話，豈不是在說你要罷演？這可不是你一個人的戲。你也不是三歲娃兒了，再這樣任性，只好換別人來操偶了。」

註8：檢非違使是官職之一，亦是淨瑠璃人偶戲中特定偶頭的名稱，主要用於眉清目秀的知性武士角色。

註9：人形淨瑠璃的人偶是由三人操縱，主操負責頭部與右手、左操負責左手，足操負責腳部。

「隨便你們要找誰。」

「你是什麼意思？我真是看錯你了，豐二郎。就為了一顆偶頭，居然鬧得這麼不像話，你乾脆滾蛋吧！」

這是在說些什麼！兼太夫大聲說。

「你們兩個都給我冷靜點。喂，巳之吉，你以為少了藤本豐二郎，還能招到多少客人？」

「你是說只憑我一個人，沒人要來看戲？」

「我不是這麼說。沒錯，巳之吉你亦是演技精湛、當代第一的操偶師。不過這回的戲，打出的噱頭可是巳之吉和豐二郎的聯袂演出啊。巳之吉，你想想，除了豐二郎以外，還有哪個大師有本事跟你打對臺？」

「打對臺——」

我又沒有要跟他較勁的意思，巳之吉說。

豐二郎也是一樣的。他不認為巳之吉與他並駕齊驅。論技藝——

——自己技高一籌。

豐二郎這麼想。不過操偶師的技藝，不是單憑主操一個人能夠展現的。還有左操、足操、太夫加上樂隊，以及人偶——必須要這些配合得天衣無縫，才能窮究其藝。

這就是人形淨瑠璃。

少了這顆頭的話——

你說說，要上哪兒去找誰來頂替？兼太夫對巳之吉說。
「除了豐二郎，還能有誰？哪兒還有跟你名氣相當的大師？難不成要去求大老師傅來嗎？我是不想這麼說，但即便名氣響亮，那些老師傅，技藝早就不行了。既過時、也沒看頭，跟你的藝風不合。這次的戲，無論如何都得要年輕的行家上陣才成。還是怎樣？你要從左操裡頭提拔哪一個嗎？有哪一個行的？你們，有誰認為捨我其誰的，現在就站出來吧！」
有嗎？兼太夫大聲問。
無人回應。
後台裡、走廊上，沒有一個人作聲。
這也是當然。
不可能有人比得上豐二郎——
——不。
已經。
「我已經不行了。」
「豐二郎，你還在說？」
「不，即便拿現成的偶頭配人偶，也完全敷衍不過去。我非得要這顆頭才成。別的急就章拾掇出來的人偶——」
——會輸給巳之吉。

「我不能拿出那種表演見人。」

「那，換個戲碼如何？」

德三怯怯地提議。

「就是，換成可以用別的——用姑娘的偶頭演出的戲碼。」

哪有說換就換的理？這回換巳之吉有意見了。

「我全付心思都投入進去了，我現在已經是高師直了。這戲已經搬演過很多次，就是練習，也只剩上台的人培養默契就夠了。現在再說要換戲碼，來不及了。」

「那到底要怎麼辦嘛？」

勇之助哭著說。

「大夥都這樣堅持不讓，把事情都搞僵了不是嗎？東西壞了就壞了，你一言，我一語，挑剔個沒完，不就只能跟老闆說，要演出取消了嗎？」

「沒錯，不演了！」

豐二郎說。

「別演就是了。要說我幼稚還是任性都無所謂。我不管了。隨便你們怎麼說。」

反正我就是不能演！豐二郎大吼道。

「你說什麼？」

「我說都無所謂了。我沒辦法跟這樣一群話不投機的傢伙再幹下去。聽著——」

如果沒有這顆頭。

我已經——

「且慢。」

一道清亮的聲音響起，但相當陌生。

豐二郎朝聲音的方向望去，只見一名臉龐光滑、猶如狐臉的男子站在那裡。

林藏兄！德三小聲喚道。

「林藏？記得你是——」

「是。在下林藏，自不久前承蒙做戲服的關照生意。」

「你是裁縫嗎？」

「林藏兄不是裁縫，他是——」

總之，戲可不能叫停，林藏說。

「新來的少在那裡添亂，只會把事情攪得更複雜。」

「不，這我非說上一句才成。恕我說句難聽話，各位是不是都瞎了眼了？」

什麼？眾人臉色乍變。

「你說誰瞎了眼？」

「請看看，這——」

林藏指示一片狼藉的後台景象。

「這若是人幹的好事，那麼——這又是怎麼一回事？」
「還怎麼回事，就像你看到的——」
「看到的——看到什麼？這景象是竊賊翻箱倒櫃嗎？有什麼東西失竊了嗎？這兒可不是金庫，沒金子、也沒值錢東西。我問過帳房，也說沒有任何物品遭竊。」
「所以這是——」
人偶相爭嗎？林藏說。
「若真是人偶相爭，那也是沒法子的事。畢竟相爭的因頭不在人世，而是人偶的世界。不過倘若不是——」
「不是——就怎樣？」
「這要是某人所為，目的又是什麼？」
「什麼？」
眾人面面相覷。
「這連想都不必想。所以才說各位都瞎了眼。聽好了，剛才德三叔不是說了嗎？這不管怎麼想，都是有人眼紅咱們戲班子，才會幹出這檔子好事來。不過這不是一般的破壞。畢竟都做到這地步了。這是為了——挑撥豐二郎與巳之吉兩位大師，使其反目，好妨礙、阻撓這次的戲上演，不是嗎？」
也許是。

「那麼，若是中止演出，豈非平白教敵人趁心如意？」
眾人喧鬧起來。
兼太夫走到林藏面前：
「我明白你的意思了。不過就算明白，依舊無計可施。豐二郎說沒有這顆頭，他就不演。而豐二郎又無人能夠頂替，人偶也沒得替換，巳之吉又不肯更換戲碼。噯，確實，如今再換戲碼，對其他人也太吃力。那麼，這豈不就成了個僵局嗎？雖然不知道是誰幹的好事，但也只能像你說的，讓敵人趁心如意了。」
「此言差矣。」
「但——」
「若那顆偶頭修不好——再做一顆不就得了？」
「再做一顆——？別說傻話了。你當偶頭那麼容易，說做就做？再說，好的偶頭，其他還有一大堆。但豐二郎就是非這顆頭不可。」
「所以，」
再做一顆那顆頭就行了吧？
「什麼？」
「不能是別顆頭，對吧，豐二郎先生？既然如此，只要重做一顆那顆頭就行了，不是嗎？」
這傢伙是瘋了嗎？勇之助說。

「不懂他在胡言亂語些什麼。怎麼，你的意思是，要做出一顆分毫不差、一模一樣的偶頭來嗎？」

沒錯，林藏說。

巳之吉嗤之以鼻：

「可笑。喂，偶頭這東西，光是製作就要費上好幾天工夫。況且現成就有這麼多，很少有人會去做新的，只會勤加修整，就能用上個幾年、幾十年。偶頭難得會做新的。況且也沒有師傅。難不成你要請阿波的傀儡師（註10）過來嗎？」

別說了別說了，巳之吉說，大夥準備就這樣散了的時候——

「有的。」

林藏說道。

「有——有什麼？」

「傀儡師傅。而且不是尋常的傀儡師。對了，坂町的小右衛門——這名號各位聽說過嗎？」

「小右衛門——」

啊，我知道，兼太夫說。

「是那個吧？江戶的傀儡師。我忘了是不是在坂町，不過聽說是製作所謂活人偶（註11）的知名大師——」

「是的。他在十年前製作的活人偶因為極盡精美，過度逼真，官府畏懼他的手藝，甚至將他處以手鎖之刑（註12）——就是那個小右衛門。」

「啊，那十年前的活人偶，我也看過。」

勇之助揚聲說。

「那時我剛好在江戶。記得是編排成殘酷地獄的戲碼——沒錯，那確實是巨匠技藝，迫真駭人，簡直就像另一個世界——你說這小右衛門怎麼了？」

啊！巳之吉也跟著喊道。

「那顆偶頭——」

「偶頭怎麼了？那個——小右衛門也做淨瑠璃的偶頭嗎？」

沒錯，巳之吉魂不守舍地答道。

「那個人——原本是四國出身吧？我這麼聽說過。以前我在阿波看過他做的偶頭。我想起來了。那——那偶頭確實是懾人心魄。我請他賣給我，他說出價千兩也不賣。可是——據我聽說，那個小右衛門應該被官府逐出江戶還是怎麼了，後來下落不明。」

註10：原本盛行於淡路的偶戲傳到阿波地方（現今德島縣）後，迅速發展開來，並有許多傑出的傀儡師輩出，使阿波傀儡師成為傀儡師的代名詞。

註11：原文作「生人形」，為江戶時代後期出現的工藝展覽品，追求肖似真人，栩栩如生，故有此名。

註12：手鎖為江戶時代的刑罰之一，以葫蘆狀的鐵銬拘束罪犯雙手手腕，但不關押其人，可居家生活。刑期有三十日、五十日、百日三種。

「他現在就在大坂。」林藏說。

「你說那個小右衛門嗎？」

「就是那個小右衛門。他的話，只需兩天，就能做出一模一樣的偶頭來。不是別的偶頭，」

就是這顆偶頭。

——這顆偶頭。

豐二郎望向面龐裂開來的鹽冶判官。

帶我去見他，豐二郎說。

【貳】

小右衛門一望而知，是個極難伺候的人物。

他的面容清素，沒有一絲多餘，卻有股沉著的穩重。

傀儡師端坐在沒有任何家具、宛如劍術練習場的木板地房間裡，文風不動。

——我欣賞。

豐二郎想。

他厭惡輕薄多話、呱噪的人。

擺架子的人、低聲下氣的人，他亦同樣不喜。因此武士和商人，豐二郎都討厭。

他在正面坐下，恭敬行禮。

「在下是操偶師，二世藤本豐二郎。」

沒有回應。

他抬起頭來。

「在哪？」

對方——只問了這麼一句。

呃，豐二郎應聲，林藏在背後道「是說偶頭」。

「師傅雖然外貌凶悍，卻是個講道理的人。他並不是在生氣。詳情我已經知會過了。」

偶頭——

「偶頭在這裡——」

豐二郎解開包袱，遞出偶頭。我看看，小右衛門說，伸出粗壯的手臂，抓起可說是豐二郎命根子的偶頭。

「啊——！」

豐二郎不由得驚叫。不必擔心，林藏安撫。

小右衛門以炯炯目光盯住偶頭。目光凌厲似箭，豐二郎覺得自己的胸口好似被射穿了。

「這——」小右衛門簡短地說。

「修得好嗎？」

「沒辦法。即便黏補，抹去傷痕，這顆頭也不再是原來的頭了。廢了。」

「這樣——那——」

已經。

小右衛門這回望向了豐二郎。

「不過——可以做出一樣的來。」

做出——

「真、真的嗎？」

「不過。」

「不過——不過什麼？只、只要那顆頭能回來，我什麼都肯做。錢也是，不管索價多少——」

我不要錢，小右衛門說。

「不要錢？」

「對。」

「這——這是什麼意思？恕我冒昧，但錢我還是得付。江戶人開口閉口便嘲笑上方人死愛錢，但錢是做了事的證明。做多少事，就拿多少錢，拿多少錢，就做多少事，我認為這是天經地義的理。這顆頭對我來說，值得千兩、萬兩，甚至更多。只要它能回來，要我付上那麼多銀兩，也是合情合理。」

我懂，小右衛門說。

沉靜，卻威嚴十足。

「不必擔心。所需費用，我照樣會收。再者，我並非江戶人，只是個住在深山僻野的鄉巴佬。我是田夫野老，故不懂錢的價值。不過你的執著——」

我深能體會，傀儡師靜靜地說。

「執著？」

「對。人往往迷戀於有形之物。人會衰老，終而死去。這是任誰都明白的道理。然而另一方面，人以為物是不變的。以為物能抵抗時間的變遷，永恆留存。但這只是誤解。確實，沒有生命的物不會死亡。然而但凡是物，必然會損壞、腐朽、消逝，天地之間，沒有不變之物。不是執著之人先死，就是物先毀壞。」

小右衛門將破損的偶頭驀地遞向豐二郎眼前。

「如何？這——已經壞了。」

豐二郎垂下目光：

「沒錯，壞了。所以我才會登門拜訪不是嗎？我的同僚也聽說過你的傳聞。你都已經隱居了十年，聲名卻依舊鼎盛，流傳各地，想來你的本領應是真的。我不知道你是否名不虛傳，甚至不知道你是否真的是小右衛門，但這些都已無關緊要。只要你能做出跟這顆偶頭一樣的東西，我——願意付出一切代價。」

「呣。」

小右衛門注視豐二郎，似乎想通了什麼，發出有些驚詫的聲音：

「看來你的執著非同小可。」

「這又如何？那——怎麼樣呢？」

可以做出完全一樣的頭嗎？豐二郎問。身子往前探地逼問。

「做出同樣的東西，」

是易如反掌，小右衛門說。

「易——」

易如反掌？

「真、真的嗎？」

「我請教個問題。」

「什麼問題？何必這樣吊人胃口？」

「這顆頭，不只一次受創。」

「什麼——」

「一開始的創傷，要如何處理？」

什麼叫一開始的創傷？林藏在背後問。

「那是——」

「修復得極高明，幾乎看不出來。但是右頰有一條直線——」
是刀傷，小右衛門說。
「不是大刀，而是短刀或小刀造成的傷。是被刺來的刀刃劃過吧。」
連。
「連這——都看得出來嗎？」
「看不出來，就做不出來。」
「從來沒有人識破，然而你卻一眼就——」
我甘拜下風，豐二郎趴跪下去。
「你不是泛泛之輩。請原諒我先前的出言無狀。坦白說，我原本懷疑師傅的手藝，篤定你絕不可能有辦法，但倘若真能做到，算我賺到，我是懷著這樣的心態前來的。真正失敬了。」
那無所謂，小右衛門說。
「這次的這傷——這已經不是傷了。已經龜裂破損，無從修復。這若是人——已經沒命了。所以若要重做，只能恢復受到這傷之前的模樣。但最早的傷要如何處置？」
「如何——處置？」
「最早的傷也要抹去嗎？亦即，要讓這顆頭回到毫髮無傷的那時候嗎？或是連一開始的傷也要復原？我是在問你這個問題。」
「連、連傷也能復原嗎——？」

「可不是劃上傷口，而是製作成傷口修復後的模樣。那邊那個林藏，說是要分毫不差地恢復成原來的模樣。」
「是這樣沒錯，可是——」
「不是做得就像一樣，他的委託是恢復原狀。既然如此，就不是做出彷彿一樣的東西，而是做出完全一樣的東西。」
「就是這樣，可是——」
「相似與相同，可是天差地遠。」
「相同——？」
「相似並不等於相同。即便外貌一模一樣，如果重量不同，那就是不同的兩樣東西。其中一個必是另一個的仿品。我接到的委託是恢復原狀，也就是製作真品。對吧？」
「是——」
小右衛門說的沒錯，可是。
「你是操偶師——」
我則是傀儡師，小右衛門接著說。
「讓外表相同，沒什麼難的。人的眼睛太容易騙了。但你是操偶師——操作人偶的人，對吧？人偶等於是你的手、你的腳，是你的血肉。從重量、硬度、色彩，到外形、濕度、氣味，一點細微的差異，應該會是莫大的不同。所以我才會問你。這舊傷——」

是要留下？還是抹去？

——舊傷。

「居然能做到這種地步嗎？不，你可以為我做到嗎？」

「做不到，我也不會答應。」

「你願意答應是嗎？」

我像這樣見你，就是答應的意思，小右衛門說。

「好了，怎麼樣？」

「我成為主操，操作這顆頭，是它已經有了一開始的傷以後。我填補那傷，完美地修復，此後這顆頭熟悉了我的手指、手腕，就如同你說的，成了我的血肉。那麼那道舊傷——」

「已經是這顆頭的一部分了呢。」

對我而言是——豐二郎再次行禮。

「我不曾觸摸過無傷的它。」

「明白。」

小右衛門無聲無息地站了起來。

身形魁偉。

「偶頭寄放在我這裡。我去調材料。你在這裡等我一天。林藏——」

是，林藏恭敬地應話。

「招呼客人。」

請留步，豐三郎喊住就要離開的小右衛門。

「你、你說一天，意思是呃，要花上一天尋找材料嗎？」

「不。」

「那——」

「一天就能給你。」

「一天——」

「否則也不會叫你等。」

傀儡師留下這話，龐大的背影面向這裡，離開木板地房間了。

「一、一天——」

真的嗎？這是真的嗎？豐三郎問留下的林藏。林藏一臉不在乎，答道「既然師傅這樣說，應該是真的」。

「噯，他這個人高深莫測。」

「不敢置信。應該還有需要精雕細琢之處，木頭也要看乾燥的程度吧？即便是上胡粉，也不是一天就能順利完工，天氣也有影響——」

「因為這陣子天氣都很不錯吧。要是梅雨季節，可就沒法這樣了。師傅一定是把這些都考慮進去了，才會那樣說。」

「真的——」

做得出來嗎？

那顆頭。

那——傷疤。

「你叫——林藏是吧？你究竟是什麼人？跟那個小右衛門到底是什麼關係？」

「我嗎？」

我的老本行是帳屋，林藏說。

「帳屋？賣紙筆那些的嗎？」

「是。不過這年頭景氣不好，光賣那些東西無法維生，所以也經手一些雜貨，還有工藝品和飾品。南蠻來的玻璃珠子之類，也花樣齊全。然後，負責戲服的德三叔說他需要人偶道具、飾品等玩意兒，從以前就經常惠顧小店。」

「原來帳屋也賣那種東西？」

「唔，或許只有我這兒啦，不過也因為我自小便對義太夫節（註13）極為痴迷，遇上這機會，自然也就撇下本行，成天幫忙做些小東西。再怎麼說，我做出來的道具，可是供名震天下的藤本豐二郎和米倉巳之吉所用呢。這當然教人格外投入了。」

註13：義太夫節為淨瑠璃說唱的一種曲調，由初代竹本義太夫研究各家精妙，加以融合，極為盛行，成為淨瑠璃的代名詞。

這樣嗎?不，應該是吧。

原來受你關照了，豐二郎說，林藏敬畏地說：不敢當。

「我做的小東西，在這俗世是假的、騙人的冒牌貨，全是些不能真的拿來用的小玩意兒。但是拿到舞台上，便成了真的。只要放在你操縱的人偶手中，那就是真的。扇子可以搧風，砍不了東西的短刀，」

亦能斬人。

「對於喜愛人形淨瑠璃的人來說，這實在是難以招架的魅力，是無上的欣喜。沒有生命的人偶活起來，」

虛構化為真實。

「原來如此。這種感覺我也懂。第一次看到上代的表演時——我也有相同的感受。我看到的第一齣戲是《苅萱桑門筑紫轢》。那實在太精彩了。」

虛構變成真實。

那麼，真實就成了虛構。

比人類更小巧、沒有生命、一無所有的木頭傀儡，表現得就像個人，哭泣、歡笑、憤怒，忘生捨死。

也就是獲得生命。

在舞台上，沒有生命的物得到生命。

操縱它的人——

是黑衣（註14），亦即不存在的人。

對豐二郎來說，再也沒有比這更美好的事、更美好的地方了。

「我第一次看到豐二郎先生主操的戲——」

是《一谷嫩軍紀》，林藏說。

「總之就是這樣。那位小右衛門師傅，是關照我的某位先生的賓客。據說他長年隱遁於北林，這次因為有些想法，特地前來大坂的樣子。噯，他那身本事，就此埋沒實在可惜。」

林藏說完，站了起來，打開櫥櫃那看似沉重的木門。

裡頭有個姑娘。

「這是——」

不對。

「人偶嗎？不，這千真萬確是個人偶。是人偶，可是——為什麼？」

明明沒有操偶師。

「看起來卻像活的。不，它是活的。這——這就是所謂的活人偶嗎？」

不是活人偶，林藏說。

註14：亦稱黑子，在人形淨瑠璃中負責操偶的人。由於一身黑衣，面覆黑頭巾，故稱此名。

「不是嗎？」
「活人偶是活人的冒牌貨。從大小到膚色、毛孔，都做得像人。不過你看，這並不是。這只是個人偶。」
確實不是人。
白皙的肌膚塗了胡粉。眼、鼻、唇皆是假的。
即便如此，這個姑娘仍是活的。
「如此技藝，埋沒了可惜對吧？」
「這不是可惜不可惜的問題。可是這實在、如此驚人之物——我——」
操縱不了。
不需人操縱，它本身就已經是完成品了。
就是啊，林藏說。
「這不是給豐二郎先生這樣了不起的操偶師操縱的人偶，而是街頭演藝、山貓迴（註15）用的人偶。」
「山、山貓迴？」
「似乎是。不是在比人偶高的地方操縱，而是在比人偶低的地方耍弄，算起來是低賤的技藝。」
「跟、跟高貴低賤無關。這是——」

是魔物。

是妖物。

豐二郎感到背脊發涼。

「這世上——不可能有人做得出這種東西。」

教人毛骨悚然對吧？林藏說。

「那個小右衛門師傅——莫非不是人？」

「確實，他曾經笑稱自己就像天狗。倒是，豐二郎先生。」

林藏闔上櫃門，臉對著門板問道。

「剛才那道舊傷是什麼？」

「那是——」

「大夥在後台提到的八年前的人偶相爭，又是怎麼回事？當時我大概為了一些事，離開上方去了東邊，所以完全不清楚究竟出過什麼事。」

能否一道其詳？林藏說。

「廳裡已經備好酒菜。反正你也得在這兒等上一天，咱們就過去那裡談吧——」

林藏伸手指示道。

註15：山貓迴是一種街頭藝人，在胸前掛只箱子，耍弄箱中人偶，挨家挨戶祈福領賞。

【參】

豐二郎本來叫做末吉。

末吉出生在攝津（註16）的貧農之家。

人如其名，是六個孩子裡的么兒，原本一出生就應該要悶死的。

但末吉並非父母大發慈悲讓他活下來，只是沒能悶死罷了。

末吉就可憐在生命力太強，怎麼也弄不死。而末吉的父母心不夠狠，沒辦法了斷摀住嘴巴還是沒死的強壯嬰兒性命。

末吉一家真正一貧如洗。人們常用三餐不繼來形容家貧，但末吉家能夠吃上飯的時候，幾天裡頭就只有那麼一回。他是長大以後，才知道飯是每天都吃的。

末吉——

是本來應該要死的孩子。

是沒給悶死的孩子。

是貪生戀死的孩子。

是只會吃飯的多餘的孩子。

生著一張這麼可愛的臉蛋，怎麼會要什麼飯？如果你是木娃娃就好了。要是閉上嘴巴乖乖坐著，就是個好孩子，卻怎麼淨會號哭拉屎，真是——

要是木娃娃就好了。

死一死就好了。

每個人都這麼說。

哥哥、姊姊、祖母、父親。

連母親都這麼說。

末吉把這視為理所當然。因此儘管饑寒交迫，他從不傷心，也不寂寞。沒有燈油也沒有蠟燭的夜晚，是無盡的黑，灶裡頭經常好幾天不見煙火。家裡沒有一個人會笑；因為只會更餓，所以也沒人生氣；淚水也都乾了，因此沒有人哭。

那日子。

完全不像人過的。

不久後。

兄姊從小的開始死去。

姊姊從大的開始賣掉。祖母也死了，母親病逝，父親——不見了。

應該是棄田而逃了。或許死在野外了。

註16：日本古時行政區名，相當於現今大坂府西部及兵庫縣東南部。

大家都死了。

田也都枯了。

只剩下毫無用處的末吉，只知道吃飯拉屎、沒死成的末吉，即使如此仍孤伶伶地活了下來。

家裡頭一無長物。

沒有食物，也沒有被褥。

他想，待在家裡也只是等死。

末吉離家時，應該是八歲的年紀。

他四處流浪，吃果實，啃樹根，受人施捨，有時行竊，靠著這樣活下來。

活是活下來了，但也只是活著而已。不，連算不算得上活著都很難說。那時候的事，豐二郎沒什麼記憶。

一片模糊。

也許他奄奄一息。

不，他真的一腳踏進棺材了。當時他捱過兩個寒冬，是草木剛萌芽的季節。他不吃不喝，連走了三天三夜，終於昏了過去。

連倒在哪裡都不記得了。

救了這個像猴子般垂死的孩童的，就是上代藤本豐二郎。

然後——

末吉在十歲的時候，成了操偶師的打雜小廝。

並不是被收為養子。連徒弟都不是。

末吉是個沒用的小廝。上代豐二郎當時初出茅廬，雖有幾個徒弟，但並不多。況且那個時候，任誰也想不到這個瘦骨嶙峋的小乞丐，將來竟會成為操偶師。

即使如此，上代還是不忍心任由無處可去的飢童在荒野自生自滅吧。

上代豐二郎是個菩薩心腸的人。

然而對於上代豐二郎的善心，末吉卻沒有太多的回應。

末吉不笑、不親人、不肯融入，總是獨來獨往。

當時的末吉不理解別人對他的好代表什麼。吩咐下來，他會遵守，對工作也毫無怨言；但沒交代，他就不做事；有人對他好，他也不會道謝。

最重要的是。

就連對他的救命恩人，末吉也不曾有過半句感謝。就這樣，恩人溘然離世，直至現在。

因此。

後來他聽說，沒有子嗣的上代原本似乎打算收末吉為養子。上代對身邊的人說，末吉這孩子不壞，想收他為養子。但末吉終究還是沒有成為上代的孩子。

因為他是那種態度。

周圍的人才會反對。

也有可能並非如此。
已經無從查證了。什麼都不清楚。
因為上代也是個沉默寡言的人。過世以後，更無從得知他的真心。
那個時候的末吉，連睡在被窩都感到抗拒，因此經常溜出臥室，睡在泥地間裡。飯也是，一開始都沒法吃完。因為一天三頓飯讓他覺得過意不去。
是對誰過意不去？
死去的兄姊嗎？父母嗎？
應該不是。
如今回想——
他對父母只有恨，沒有一絲感恩。
對於兄姊，亦只有憐憫，沒道理感謝。
不管是把他扔了還是殺了，都強過那樣的境遇。儘管留他一命，卻也只是讓他一口氣在那兒，成日咒罵；雖然沒有把他丟掉，卻全不關照，就這麼早早撒手人寰。他覺得這樣的家人，有何下場都不關他的事。
即便如此，對於一天吃上早中晚三頓飯，不知為何，末吉就是感到莫大的罪惡。
也許。
是對那些和自己一樣，活得像行屍走肉的孩子們感到歉疚。

因為末吉這個樣子，即使對他傾注呵護、關愛，這些好意也都從末吉這個無底的容器漏得一乾二淨；當時的他，應該就像個毫無反應的木頭人偶。

末吉是在十二歲的時候出現變化的。

他被撿去之後過了兩年。這一年，末吉第一次看到收留他的人演出的戲碼。

住家也有人偶，因此他看過好幾次，應該也摸過。

但直到這時候，他才第一次看到它們動起來——被操縱的模樣。

末吉淚流不止。

上代的技藝精湛絕倫。

然後。

就在這時，末吉整個人翻轉過來了。

木頭應該不會動——對當時候的末吉來說，人偶本來只是塊廢木頭。然而。

它們竟活起來了。

他想：原來如此，活著就是這麼一回事。

末吉透過人偶戲，學到了何謂活著。

人偶有時悲傷、有時歡喜、有時凶暴、有時凜然，他們反目、相愛、仇視、扶持，然後——活著、死去。

和自己——一生下來就被置之不理，有如行屍走肉，只是沒死，不笑不哭也不生氣，只是吃上少少的飯，拉出少少的屎的自己，是天壤之別。

末吉想，這才是真的。

自己才是假的。

那天。

末吉幾乎是第一次主動對恩人說話。

好厲害！太精彩了！我想看更多！

再多表演一點！

——我想看偶戲！

上代豐二郎驚訝極了，並欣慰極了。

接下來一年，末吉每天看淨瑠璃戲。

百看不厭，愈看愈著迷。末吉被虛構的真實給迷住了。

十三歲時，末吉正式要求拜上代為師。

上代一口答應。甚至淚流滿面，說再也沒有比這更令人欣喜的事了。

貧農之子末吉，就在這天改名為藤本豐吉。

此後豐吉默默修業學藝。

第一次拿到人偶時，豐吉甚至開心到整整兩天睡不著覺。

他先是負責整修人偶，後來開始幫忙搭建舞台，花了四年，才總算以黑衣的身分登台。十八歲時，他成為足操，二十歲時，他負責一人操作的人偶。

二十八歲時，升為左操。

主操的師兄和師父，都稱讚豐吉有資質、好搭檔。

即使受到稱讚，豐吉亦不驕矜自喜，繼續扮演被撿來的愚鈍小子，唯唯諾諾地聽命於人，鑽研技藝。

然而。

接下來就長了。

怎麼樣就是得不到偶頭。

除非成為主操，得到偶頭，否則說到底仍算不上操縱人偶。手和腳，都只不過是主操的手腳。畢竟腳不能單演腳，手不能只演手。

必須揣摩主操的意思，觀察呼吸，預測動作，化為主操的手腳。僅此而已。

但豐吉沒有怨言。

他天生就不是會為此埋怨的性子。他有的，只有希望擁有偶頭的強烈渴望。

擁有偶頭，操縱人偶，然後翻轉虛實。

因為豐吉一心一意認為，唯有如此，自己才能成為人。

但，那是還要很久以後的事。

豐吉想，

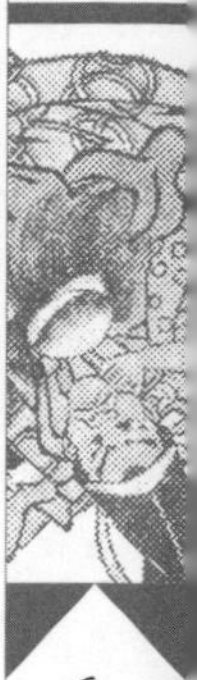

自己還差得遠，

還不是個人——

那是——

沒錯。

是《假名手本忠臣藏》。

上代藤本豐二郎操縱鹽冶判官。

上代米倉巳之吉操縱高師直。

豐吉的戲份是別幕，因此他睽違許久，坐在客席裡看戲。這齣戲他看過許多次了，而且雖然不是主操，也演過許多次，然而——

他徹底被震懾了。

師直可恨、霸道的紮實演技。

還有師父操縱的判官，他的表情是多麼地豐富靈動。

操偶師飾演角色，然而被操縱的人偶，早已超越飾演的領域。舞台上展現出真實的愛恨情仇，人偶彼此憎恨、咒罵、衝突，真正是靈犀相通。應該在操縱的操偶師，完全從舞台上消失了。

徹底——

翻轉的俗世，就在上頭。

「有所謂極逼真的演技。」
豐二郎說。
「在世人而言，逼真應是一句稱讚，但即便是褒揚，既然叫逼真，就表示並不真，對吧？」
是，林藏答道。
「方才小右衛門師傅也說，仿品並非真品。相似，就代表並不相同。就是同樣一回事。所謂逼真，意指逼近真實，而非真本身。八年前的那場戲，不是逼真，而是真。」
「這是說，那場戲是真的？」
「真的——是啊。」
判官的不甘。
師直的怨憤。
「舞台上的人偶，真正是以人偶的樣態活著。因此——」
「才會發生人偶相爭的情事——是嗎？」
林藏邊斟茶邊說著。
「我是不清楚，不過這人偶相爭，是指人偶自個兒在作亂嗎？」
「自個兒——？」
「不是常說嗎？精巧的人偶，即便無人操縱，也會憑自己的意志活動。剛才的姑娘人偶，不也好似隨時都會動起來嗎？就像怪談。曾有人嚇唬我，說夜晚進入存放人偶的後台，必定會遇上怪事。唔，這到底是難以置信啦——」

那都是唬人的。

豐二郎說。

「唬人的？」

「人偶的外形是人。因為本來就是刻意做得像人。這樣的東西，在一片昏黑中一字排開，看到這景象，任誰都會毛骨悚然。只是這樣罷了。」

「這樣罷了嗎？」

只是這樣吧。

「噯，對實際操縱人偶的人而言，那是道具，是物品。物品是不會動的。」

是不會動呢，林藏說。

「唔，至少我是這麼認為。人偶沒有生命。沒有生命的東西，沒有意志。沒有意志的東西不會動。」

那，人偶相爭又是怎麼一回事呢？林藏問。

「都是眼花，或者像是這回，是人為破壞嗎？」

「不是。」

「可是人偶不會動吧？」

「人偶會動。」

「會動？」
由我們讓它們動，豐二郎說。
「別尋我開心啦。只要人抓著挪動，管它是酒杯還是木屐，當然都會動啦。」
「不是那樣。聽著，人偶是身體。不，人偶只有身體。說起來就跟屍體沒兩樣。說到屍體，是缺了魂魄的身體對吧？」
「因為已經死了嘛。」
林藏輕笑了一下說。
「靈魂還在的時候，人不是屍體。有靈魂就是活人。我認為人偶亦是同樣一回事。我們操偶師就是人偶的靈魂、心和生命。我們在舞台上看不見，是因為我們不存在舞台上。即便是出操（註17），露臉演出，客人亦看不見我們。看不見，是一種默契。因為我們是人偶的靈魂。」
一旦有了魂魄，東西就會活動，豐二郎說。
「不是有個譬喻，說塑佛不入魂（註18）嗎？說白了似乎不中聽，但佛像也是木頭做的，只不過是塊木頭罷了。然而佛師精心雕塑，和尚誠心祈禱，佛像亦會回應顯靈。亦即木頭會變成尊貴的神佛。那並非木頭尊貴，而是因為透過入魂、開眼，注入和尚的心意，還有祈禱眾生的虔

註17：傳統人形淨瑠璃中，主操亦和左操、足操一樣，全身黑衣，頭部罩以黑布，僅有例外狀況會露臉演出，謂之「出操」（出遣い）。不過在現代，主操露臉演出已成為常態。
註18：日本傳統中，佛像有入魂式、開眼法事等，認為經過這些儀式，佛像才能有佛性。意近「畫龍不點睛」。

誠。」

「只要祈禱，就能注入心意嗎？」

光祈禱是不成的，豐二郎說。

「我認為容器的外形很重要。雖然好壞的基準形形色色，但最起碼若沒有佛的外形，就無法成為佛像。」

「原來如此——說的也是。奈良的大佛，若是熔掉，也只是一團銅塊。要人去崇拜那樣的東西，實在很難。那麼人偶也是一樣的？」

沒錯。

粗劣的東西無法入魂。

「人偶說穿了，是木頭、胡粉和布做成的東西。我說過很多次，東西是不會動的。我們操縱人偶，但有些人偶操作起來滯礙難行；相反地，也有些人偶操作起來隨心所欲。有時左操和足操會合而為一，行雲流水地活動起來。當主操的技藝與人偶的精巧相契合時，就會出現此種情形。」

精巧啊——？林藏追問。

「那也有合不合的問題嗎？」

「合不合——」

也許有。

「噯，總之操縱得順手時，我們操偶師和人偶，陳腔濫調地說，是渾然天成。身體是人偶，心是我們。這種時候，我們操偶師便會消失不見。」

「消失——」

「客人也看不見我們。因為我自身已消失不見了。精妙入神地操縱時，操偶師便會貫注到人偶的肚子裡——以魂魄的形式。」

什麼意思？林藏的聲音有些發顫。

「那是、怎麼說，你們的靈魂注入進去嗎？」

「唔，」

我不知道該怎麼形容，豐二郎答道。

「因此，當大師操縱精巧的人偶，他所注入的靈魂或是魂魄——」

就會留下。

「留下？留在人偶裡面嗎？」

「我這麼認為。你知道嗎？真正淋漓盡致地演出之後，會感覺好似靈魂去掉了一半。就是這靈魂——」

留在了人偶當中。

「只要有靈魂，」

「人偶就會動嗎——？」

也許會動。不，即使動起來也不奇怪。豐二郎這麼認為。

「這跟人偶自己動起來是不同的。人偶不會自己動。如果人偶動了，是因為操偶師的情感留在裡頭。它們只會重複白天的戲碼而已。」

「操偶師的情感？」

對，豐二郎答道。

「據傳以前有個叫野呂松三左衛門的操偶師。說到野呂松這姓氏，間狂言（註19）中以操縱野呂間人偶贏得美譽的勘兵衛很有名，這個人或許也是如此。有一次，有人跨過他操縱的人偶身上，沒想到那人當場抽搐不止，怎麼也鎮不住。結果他向人偶賠罪，病症便一下子好了。這個傳說是在教訓人不可以糟蹋人偶，不過即便是這是事實，」

我認為作祟的還是三左衛門本人，豐三郎說。

「怎麼會是這樣呢？」

「我再說一次，人偶是物。因為是營生工具，自然必須珍惜，萬一沒跨好、踩著了，人偶可是會被踩壞的，所以能不跨最好是不跨，但即便跨過，人偶也不痛不癢。人偶沒有會痛會癢的心。」

有人跨過人偶，會動怒的是操偶師。

「看到自己的人偶被人這樣踐踏，操偶師都會怒不可遏。會恨得想咒死人。」

「原來如此。」

林藏沉思起來。

「那麼——」

「對。」

「八年前的人偶相爭——」

「沒錯。那齣戲，簡直到了出神入化的地步。現在閉上眼睛，仍歷歷在目。操偶師完全消失了。人偶——」

判官。師直。

「拾掇好的人偶、演出的技藝、所有的一切皆臻於完美，是一場神乎其技的演出。我覺得就是因為這樣——」

「靈魂才會留下嗎？上代豐二郎，還有上代巳之吉的靈魂——」

是這樣嗎？

「我當時不知道，不過似乎從公演第一天晚上開始，就傳出奇妙的風聲。說是到了夜裡，後台便傳出竊竊私語聲、老鼠奔跑般的聲音。萬一老鼠啃了偶頭，那可不得了，因此管戲服的半夜前去查看，結果——」

註19：間狂言是人形淨瑠璃表演中，幕間的小品歌舞。以野呂間人偶演出滑稽的短劇。野呂間人偶為丑角人偶，臉色烏青，形貌醜怪。

「人偶動了嗎？」
豐二郎搖搖頭。
「人偶不會動的。不過，鹽冶判官的人偶——以那顆頭拾掇好的人偶，掉到了地上。當然，原本應該都整整齊齊地擺好了。從此以後，便傳出人偶相爭的傳聞。不過，頂多就是早上過來一看，原本收拾好的後台亂了些罷了。」
「並不像昨晚那樣？」
昨晚——
裂開的臉。
「不，沒那麼糟糕。事實上公演相當順利，叫好叫座，演出中止的——就只有最後一天。」
就在那——
最後一天。
第一個進後台的是誰去了？
「發生了——什麼事？」
「嗳——亂得一塌糊塗。就和這次有人搞鬼一樣，一片狼藉。人偶掉了一地，」
高師直。
撲在鹽冶判官身上。
刀子刺了出去，欲置對方於死地。

刀子劃過判官的臉頰——

那把。

「那把刀——就刺在倒在判官下頭的我的師父，上代豐二郎的咽喉上。」

那把應該傷不了人的竹刀。

慢著，先慢著，林藏制止說。

「你說的刀，是小道具的刀嗎？那種東西刺得死人嗎？唔，或許是傷得了人，可是——」

「就刺進去了。」

上代已經沒了氣息。

「到底——是怎麼一回事？」

「不清楚。奉行所的官差也納悶不已。喏，你想像一下，在操縱人偶的時候，有刀子對著人偶的臉刺將上來。」

豐二郎伸手比劃著。

「人偶像這樣，閃了開去。但即使人偶閃開了，後頭——還是有個應該不存在的操偶師對吧？」

沒錯。

應該不存在的。

人偶看不見的操偶師。

「然後刀子就像這樣——收勢不住，刺個正著。」

「操偶師——代替人偶給刺死了嗎？」

「當時鬧得是天翻地覆。官差來了，目明（註20）也來了，演出當然叫停了。客人吵個沒完，看熱鬧的圍了個水洩不通，鬧了二、三天仍無法收拾。後來也紛紛擾擾了許久，好一陣子連喪事都沒法辦。」

「凶手是——」

「沒有凶手。」

「沒有凶手？——凶手沒有落網嗎？」

「無從逮捕啊。凶手——」

不在舞台上。舞台上只有——

人偶。

「是高師直。」

這太荒唐了，林藏挺直了身子說。

「你不是才說人偶不會自個兒動嗎？說人偶沒有靈魂——那，也就是說——」

「沒錯。那是白天演出時的巳之吉——上代米倉巳之吉的動作。」

「呃，可是戲裡頭師直並沒有拔刀吧？」

「師直沒有拔刀。拔刀就不成戲了。畢竟那是松之大廊的段子。砍傷人的是鹽冶判官——一般的話。」

「難道說——那齣戲並不一般？」

「對。那齣戲不是逼真，完完全全就是真。」

我不懂，林藏說。

「這是怎麼一回事？」

「你想想，要是有人突然拔刀朝你砍來，你想要保命，會怎麼做？不是跑，就是拔刀抵禦。不管怎麼樣，都要拚上老命抵抗。腦袋瓜都要被劈了，你會只是哭求對方住手嗎？這要是武士，當然會反抗。白天的那場戲中，遭砍的師直揪住了判官的手腕，反推回去。」

「那、那樣豈不是跟淨瑠璃的唱詞搭不起來了？任意改變劇情，會毀了整齣戲啊。」

「但是，」

就搭起來了。

「搭配得天衣無縫。兩名大師的呼吸渾然一體。不僅如此，太夫說唱的淨瑠璃、樂隊，所有的一切皆無斧鑿痕跡。判官砍將上去，手被揪住，師直『嘿』一刀迎面刺來，判官閃身避開，抬腳踹去，第二刀就要砍下——」

歷歷在目。

註20：目明是江戶時代協助官府辦案的民間人士。

從來沒有過那樣的松之大廊。空前絕後——就只有那麼一次。

「人偶記住了那時候的動作——一定是的。我不知道上代為何要在夜裡前往後台。也許是聽見某些可疑的動靜，目睹了沒有操偶者、卻彼此爭執的人偶。然後——」

「他想要——」

「阻止自己的人偶、或操縱自己的人偶，這我不知道。不過那是——」

遭到迎面一刺。

沒能避開。

「這樣的說法，官府接受了嗎？」

怎麼可能？

「這是看到那場神乎其技演出的人們的說法，官府不可能聽信。」

審問其極嚴厲。

蒙上嫌疑的——

「是上代巳之吉。」

「因為他改變了劇情嗎？」

「是有人調唆官府，說兩人有仇。噯，兩位都是大師，似乎多少也起過磨擦，但都是技藝上頭的問題。他們不是會為了這種事記仇的人。大夥——都很明白這一點，可是——」

沒有其他嫌犯了。

但是豐二郎——當時的豐吉，對於追查凶手，坦白說並無甚關心。

儘管死去的是他的師父，更是他的救命恩人。

這個恩人，變成了跟人偶一樣沒有靈魂的東西了。

而他的屍體上，躺著另一具屍體。

變得宛如人偶的恩人，抱著能夠表現得像個活人的人偶，死去了。豐吉的心思完全被那另一具屍體吸引了。

豐吉。

修好了人偶。

師父修不好了。回不來了。

但一身鹽冶判官穿扮的檢非違使偶頭——修得好。能活過來。

偶頭修好了。分毫不差地恢復原狀了。

豐吉為了操縱那偶頭，豁出一切發奮修練，隔年升上了主操，成為第二代豐二郎。

相對地。

上代米倉巳之吉自盡了。

不白之冤無法洗雪，卻又無法證明清白，審問無休無止。世人皆視他為凶手，戲班老闆也對他敬而遠之，上代巳之吉別說上台演出，甚至連人偶都摸不到。

他一定是承受不住了。

那是豐吉繼承豐二郎名號半年後的事。

結果，上方的人形淨瑠璃陸續失去了兩名技藝精湛的名手。

每個人都惋惜不已。

一反先前的態度，哀悼惋惜。

他們的技藝，就是如此令人惋惜。

但是，與其事後再來惋惜，一開始就不應該懷疑。最起碼自己人應該要相信他。

但一切都太遲了。

口無遮攔的世人裡頭，也有些人造謠惑眾，說巳之吉果然就是凶手，所以才會自我了斷。事實上嫌疑人就是巳之吉，他的嫌疑也並未洗清，這也是莫可奈何的事。不過，幾乎所有的人都為他的死深感痛惜。

一年後，兒子由藏繼承了巳之吉的衣缽，成為二代巳之吉。

由藏並非因為他是上代的遺子，才能繼承父親的名號。由藏原本才能並不突出，在上代死後，砥礪精進，短短一年之間，便成長為凌駕父親的大師。

「所以八年前的事，」

就當成是人偶相爭的結果，豐二郎說。

「不作此想，實在是解釋不通。當做是操偶師被捲入人偶相爭，不幸殞命，是最好的做法。磨練技巧、窮究技藝的大師，而且還是兩名大師喪命了。與其歸咎於人為，當成是人偶的過錯，

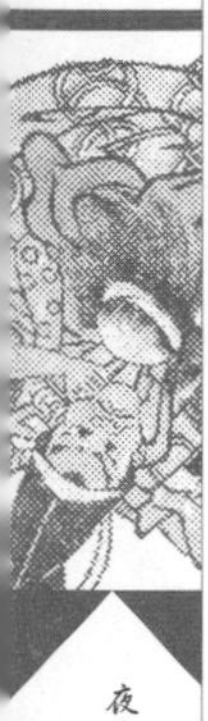

也比較能圓融收場——只是這樣罷了。所以沒有人再說什麼。」

「與其說是相信，倒不如說是想要相信嗎？」

應該吧，豐二郎回答。

那些事——

都過去了，不重要。現在。

那顆。那顆偶頭。

「上代過世時造成的傷——就是一開始的傷嗎？」

林藏以食指劃過自己的右頰說。

「嗯。」

豐二郎簡短地應道。

接下來對話也告終了。

無窗的小房間裡，無日無夜。沒有報時的鐘，什麼聲音都沒有。紙罩燈一直亮著。

林藏進出了幾次，但豐二郎只離座去了廁間一次。

沒多久，重又布置酒食。林藏說是他請客。被帶來時，豐二郎心亂如麻，滿腦子只有裂開的偶頭，糊里糊塗，但這棟建築物似乎是茶室之類，感覺是以雅士自居的富人蓋的房子。

不久後，林藏說已經在其他房間鋪設好被褥，請他去休息。豐二郎實在沒有睡意。

究竟等了多久？

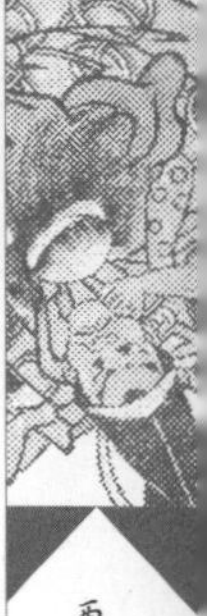

空氣捎來早晨的氣息。

一名女子打開紙門。走廊已經一片敞亮。

豐二郎隨著引導經過走廊，來到最初見到小右衛門的寬闊木板地房間。

傀儡師坐在同一個位置。

豐二郎再也按捺不住，衝上去似地在正襟危坐的傀儡師對面坐下。

「小、小右衛門師傅，完、完成了嗎？」

小右衛門點點頭。

「在、在哪？偶頭在哪？」

到底在哪？

「且慢。」

小右衛門的右手往正旁伸去。

「什、什麼？」

「你是——藤本豐二郎先生對吧？」

「是啊？」

「這顆頭——並非尋常之物。」

小右衛門這麼說。

「不尋常？這是在說什麼？快點——」

「昨日我亦說過，你是操縱人偶的操偶師，我則是創造人偶的傀儡師。滲染在這顆頭裡的罪業有多深，我瞭若指掌。我得預先警告你，包括那罪業在內，我全修復原狀了。」

「什麼？」

「確實，物沒有靈魂。所以僅有物本身，並不會活動。然自古以來——便說器物經百年成靈威。你要知道，即便是無魂之物，只要經年累月——亦能得到精魄，化為鬼神而動。」

「請別說笑了，我交給你的偶頭沒那麼古老。況且你不是說你重做了一顆新的頭嗎？喏，快把它還給我。」

它並不新，小右衛門說。

「我把一切都復原了。不論是糾纏在這顆頭上的過去、情感、所有的一切，都復原了。所以才叮囑你要當心。聽好了，陰陽之氣紊亂，六道四生顛倒之時，物亦踏上相剋之理。不動之物活動，已死之物復生。此時——操偶者亦為人偶所操縱。你可千千萬萬、別被它所操縱了。」

務必當心，小右衛門說畢，

遞出偶頭。

偶頭——

【肆】

偶頭完美無缺。

形狀、色彩、重量、光澤、乾濕、手感、觸感，甚至連氣味都復原了。

這亦是神乎其技。

確實，這並非相似之物，而是相同之物。

豐二郎激動萬分，甚至甘願付出幾萬兩的代價，但小右衛門說十兩即可。豐二郎當場付錢。為了慎重起見，他帶了二十五兩出門。

短短一天。

不可能修復的偶頭回來了。

每個人都訝異極了，驚嘆這是不可能的事。

但這是現實。

這次公演原本甚至考慮叫停，但多虧了這顆頭，又重新來過。結果只耗掉了兩個排練的日子而已。

就好像。

脫胎換骨一般，豐二郎懷著這樣的感覺操縱人偶。

巳之吉亦不服輸，奮發對抗。

在舞台上，虛構成了真實。

從第一天就高朋滿座。

演出亦令人滿意。

接連數日，觀眾叫好，口碑載道。

豐二郎頭一次感激自己活在世上。他痛切地體認到，自己就是為了這一刻、為了操縱人偶而誕生世上的。

老闆開心極了，團員也都心滿意足。

只不過。

亦發生了奇妙的事。

夜晚的後台傳出了聲響。有動靜。

人偶又在相爭了。

這樣的風聲甚囂塵上。

和八年前一樣。

戲目相同，表演者也一樣——儘管兩邊都換了第二代，但同樣是豐二郎與巳之吉聯袂演出，而且精彩更勝於八年前，人人讚不絕口。

人偶。

亦栩栩如生，彷若有靈。

世人都說這也難怪。甚至說八年前也發生過，這次精彩絕倫的演出若是什麼都沒有，反倒奇怪。

人們說，如果人偶有靈，也會相爭吧。兩個仇人在同一處後台休息，叫他們不要相爭，才是強人所難。

這樣的傳聞一眨眼便傳了開來，公演的風評益發響亮，藤本豐二郎與米倉巳之吉共同名震天下。

把沒有生命的木偶操得比活人更活的操偶師——

眾人如此讚揚。

不過。

這是不可能的事。

因為人偶不會自己動。

人偶怎麼可能會動呢？人偶只是物。

豐二郎對林藏說，人偶有時也是會動的，但其實那只是敷衍之詞，是胡說的。只是在木製的頭和手包塊布的東西，怎麼可能會動？不可能注入什麼靈魂。沒有的東西，自然也無從留下。那麼人偶不可能活，也不可能動。

絕對不可能。

偶戲是假的。人偶是虛構世界的東西。非是如此不可。

而這個虛構，透過豐二郎的技藝，成為真實。只有受到豐二郎操縱的時候，木偶才能活起來。非是這樣不可。

將翻轉的世界，

再翻轉。

將沒有活著的價值、空無一物的世界整個變成虛構——豐二郎操偶，就是為了這個目的。之所以說人偶可能會動，只不過是因為這說法對他有利，他才撒了謊，瞎說什麼靈魂會殘留在人偶身上。

人偶的心、靈魂、生命，就是操偶師。

少了操偶師，人偶只不過是塊木頭。

他只想要一塊易於操縱的、中意的木頭。

用它來翻轉這個世界。

沒有操偶師，人偶卻自己動，這是絕不會有的事。世上沒有這種人偶。這一點豐二郎再清楚不過。因此就算天地顛倒過來——

人偶也不可能相爭。

八年前也是。

根本沒那回事。

在夜裡弄出聲響的——

就是豐二郎。

怎麼樣都無法升上主操的豐二郎，實在是太想操縱人偶了。當左操不行。左操不是心。

而是主操的手。

豐二郎看了大師精湛的演出，打從心底嚮往主操，急切難耐，夜復一夜潛入後台，任意操縱各種人偶。

只是這樣罷了。

這便是八年前人偶相爭的真相。

因此。

豐二郎認為這回也是。

不是左操就是足操，或是更底下的見習，總之是有人幹的。肯定是的。想都不必想。只不過任人說是人偶相爭比較方便，因此——

豐二郎保持緘默，視而不見。

他覺得這樣比較好。

不出所料，此事引發轟動，演出大為賣座。

所以這樣就好了。想要這麼想的人，任由他們這麼想就是了。畢竟舞台之外，對已經翻轉的豐二郎而言——全是謊言。

因此他置之不理。

不——更重要的是，操縱人偶令豐二郎陶然歡欣、無上喜悅。什麼人做了什麼事、說了什麼話，對他來說，都已經無關緊要了。

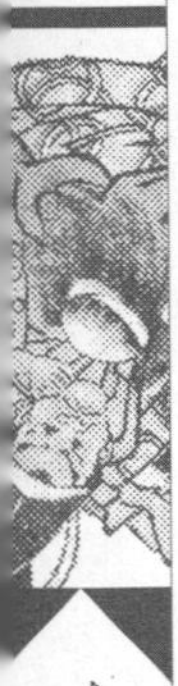

說到底，如汝輩寡見少聞之流，
正有個譬喻叫井中鯽。
且洗耳聽我道來。
此鯽身在三、四尺井中，
未曾見識外頭，
不知天高地厚。
可一日浚井隨那吊桶被撈起，
一入河中，
可憐不曾見世面，
頓時歡騰無狀，失態萬千，
竟致一頭撞上那橋柱，
當場翻肚，彈啊跳地一命嗚呼。
汝輩正同那井中鯽，哇哈哈，師直如此口無遮攔，
判官氣難耐，
大人可是癲狂了？
癲狂癲狂癲狂了？
不你師直小子就是瘋了啊這廝居然對武士對當今第一家臣高師直指其癲狂看來此番穢言汙語

皆出於本心囉嗦囉嗦若是本心又當如何啊就當如此！

就，

就當如此！

就當如此，冷不妨拔刀便砍，

冷不防拔刀便砍。

將那烏帽子（註21）一刀兩斷——

揪住手。

刺去。

閃避。

格檔。

再一刀——

這動作。

這是八年前的——

左閃右躲，狼狽逃竄之際——

和八年前一樣的動作。

好厲害。

好厲害好厲害。

好厲害好厲害好厲害好厲害。

這是公演倒數第二天的事。

巳之吉突然改變劇情，而豐二郎自然地應變。

人偶——

在舞台上活起來了。

後來的事，他全無記憶。

豐二郎完全消失了。從這個世界徹底消失了。豐二郎成了人偶的心、靈魂，而人偶變成了活生生的鹽冶判官。

回過神時，幕已落下。

滿堂喝采，餘音不絕。

當晚。

豐二郎無法入睡。他忘不了自己徹底消失，變成人偶靈魂的那種感覺。他輾轉反側，卻怎麼也無法放鬆。身子火熱，太陽穴陣陣脈動。即使想藉酒入睡，依然昏醉不了，意識愈發清醒了。靜不下來。少了什麼。沒錯——

自己缺少了形姿。

註21：日本古時貴族、武士所戴的禮帽。為黑色而高挺的袋狀帽。

他想要人偶。

想要虛假的身體。

豐二郎溜出被褥，接著——

前往戲屋子。

原來如此，就是這種心情。就是這無可取代的衝動。八年前，上代一定也是這樣的心情。就是這股亢奮，把上代引到了人偶身邊、夜晚的後台。

他總算明白了。為何上代當時候會出現在後台。

上代並非來探查每晚擾人的人偶異象真相。

而是無法克制自己。

肯定就是如此。否則他那種態度實在說不過去。

上代應該也沒聽信人偶相爭這種荒唐的流言。那麼，八年前興起騷動時，他當然也識破是有人幹的好事了。

因此。

一直到此時此刻，豐二郎才發現原來那天晚上，上代並不是來教訓裝神弄鬼的人的。若要教訓，還在公演結束前一天，也未免奇怪。想都不必想，若要制止騷動，應該要更早出面才對。

這些，都無所謂了。

無庸置疑，上代那天亦是在無法壓抑的衝動驅使下，被引到後台。

他想要操縱人偶。

快點。快點拿到偶頭。快點摸到人偶。

然後，時隔八年，豐二郎再次潛入夜晚的後台。

用打火石點燃紙罩燈。

影子朦朧浮現。

是人偶。

有人偶。

不對，不是這個木偶。不是這種粗劣的玩意兒。与勘平。鬼一。老女形。姑娘。陀羅助。源太。孔明。傾城。金時。蟹。又平。於福。若男。（註22）

不對。

——我的人偶。

豐二郎的身體。

拾掇成鹽冶判官的檢非違使。

拿起來。瞬間，豐二郎消失了。世界翻轉，虛構化為真實。

「啊啊，我的——」

註22：以上皆為人形淨瑠璃的偶首名稱。

這時。

一道黑影蠕動。整個後台好似扭曲了。

那是。

是高師直。

「誰——」

是誰？對了，是這次人偶相爭的幕後黑手。那麼——

「誰？你是誰？」

是左操還是足操嗎？難不成是巳之吉？巳之吉也陷入和豐二郎相同的衝動嗎——？

「這，」

師直開口道。

「不是豐二郎師父嗎？」

「呃、誰？你在做什麼？你到底是——」

「是。」

我就是人偶相爭傳聞的始作俑者，那傢伙說。

「我實在是太想操縱人偶了，所以每晚都像這樣——」

「我懂。」

沒錯。那天晚上，上代也是這麼回話。想起來了。

八年前——豐二郎溜進後台想要操縱人偶時，上代已經在後台裡，就像自己這樣，一模一樣，拿著判官的偶頭。

師父，那傢伙開口。

「這是個好機會。求求師父，我無論如何都想操縱偶頭。拜託師父，我給師父磕頭了，請師父無論如何提拔我做主操吧。」

「什麼——？」

「我想要操縱偶頭。真的、真的好想操縱偶頭。非得是偶頭不可。」

手。

還是腳。

我都不要。

我想要把這泥沼似的、是生是死都沒差別的世界翻轉過來。我一直活在不該生下來的責怪中，活在為什麼不死、去死的咒罵中。我應該要是個死胎的。所以，這個世界對我來說，就是黃泉冥府。我的這輩子，就是在黃泉徘徊的亡魂。所以我想要身體。我要成為主操，把現世和冥府翻轉過來。所以師父，把那顆、把你手上那顆頭給我吧。給我那顆判官的頭——

豐二郎腦中，歷歷在目地想起八年前那天晚上自己說過的話。沒錯。豐二郎想要這顆鹽冶判官的頭，想得不得了。

「你、你少痴人說夢了你！」

這——

是八年前師父的話。

「自命不凡也該有個限度。我不曉得你是哪個東西，但你的技藝根本不入流，比狗屎還不如，怎麼可能讓你當什麼主操！」

這也是。

一字一句，都是師父說過的話。聽到這話時，豐二郎——

「可沒這回事。」

沒錯，豐二郎這麼頂了回去。

「你說什麼？」

「師父——我有自信把這人偶操縱得不遜於大師本領。對了，今天巳之吉師父的那場戲，改變劇情的即席演出，那場戲——從節奏到動作，我可以分毫不差地完美演出。」

「什麼——？」

一模一樣。

這席話，是八年前的自己說過的話。如何？如何啊師父？豐二郎師父，你那是什麼表情？我就不能表演得好嗎？因為我是個該死不死的窮小子嗎？因為我是個沒被悶死、沒死成的該死東西嗎？但我還是活著啊。我不是在師父身旁當左操，一起演過嗎？師父就看不出我的才華嗎？若是這樣，師父就是個睜眼瞎子。還是師父怕了？喏，怎麼樣？我可是像這樣活著啊——

「可是，」
可是我真正想演的，不是這個高師直。而是那顆、師父手上的那顆——
「我想要那顆頭。」
「你——」
是誰？
「我——」
是豐吉。
「什、什麼——？那是——」
是我。
從前的我。
從前的我，要把我給——
後台驀地扭曲了。宛如歪斜的走馬燈般轉個不停。不知何處傳來淨瑠璃的唱詞。怎麼回事？
這是怎麼回事？
大人可是癲狂了？
就當如此冷不防拔刀便砍將那烏帽子一刀兩斷——
拔刀便砍。

這時手腕被揪住了。這動作。

陰陽之氣紊亂時。六道四生顛倒之境。相剋之相。

不動之物活動，已死之物復生——

「住、住手，可惡！」

從前的我要把現在的我。

「你是來殺我的嗎！」

——一刺。

「住手！豐吉，如果你真的是豐吉，藏在人偶底下的那玩意兒，那是匕首對吧！」

豐二郎整個人激烈地閃躲。因為如果只是挪開人偶，自己就要挨刀了。

「不是匕首，豐二郎先生。」

陌生的聲音從後方響起。

「人偶不會拿那麼危險的東西。」

什麼？這是——

「你就那麼怕刀子嗎？你現在不是應該消失不見了嗎？既然如此，為何要逃躲？即使人偶會死，你也不會死，不是嗎？這不是虛構的故事、是戲裡頭的一幕嗎？」

「你、林、林藏——」

怎麼樣，豐二郎先生？林藏彷彿斥責地喝道。

「囉、囉唆！那、那傢伙藏了匕首。假、假冒是人偶所為，為、為了想要這顆頭、為了想成為主操，所、所以——」

「所以你就殺了自己的師父？」

高師直的人偶倏地下降，後面冒出二代巳之吉的臉。

「你殺了自己的師父，讓我父親——揹上黑鍋。」

「豐二郎先生，人偶的道具只能殺死人偶。你仔細看，哪兒都沒有刀子啊。這——是真正的人偶相爭。」

林藏彎身，指向豐二郎手中的偶頭。

鹽冶判官的右頰被劃出一道口子。

一道鮮血從傷處流淌而下。

「嗚哇啊啊啊啊啊啊！」

「如此，金比羅終焉矣。」

豐二郎在逐漸模糊的意識中，只聽見林藏的聲音。

【後】

太可惜了呢，阿龍說。

「他的技藝那樣高超。」

「沒法子的事啊。」

林藏坐在帳櫃上，正在翻帳本。

「他說他怕得不敢再碰人偶了，沒法再操人偶了吧。他說要拋下一切，回攝津去當莊稼漢——」

委託人是米倉巳之吉。

對於上代巳之吉沒能洗雪冤屈，選擇自盡，身為兒子的巳之吉一直心有不甘，並且憤怒。他毫不忌憚地大肆公言，說若是清白無辜，根本沒必要死，應該要堂堂正正地活著，盡全力洗刷恥辱才對。

上代巳之吉似乎就是個如此光明磊落的人。他比武家更重視大義，大膽無畏、公平正大，並且循規蹈矩。

然而他卻輕易就尋死了。

巳之吉怎麼樣都無法接受。

然後，他開始臆測，莫非父親有什麼非死不可的理由？

唯一可以確定的，是上代並非凶手。

那天，八年前的凶案夜晚，上代巳之吉似乎一直待在自己的房間，一夜未曾闔眼。他說他興奮到無法入眠。

那天上代的表演迫力驚人。

那天上演的第三段，巳之吉也從未見識過。平常的話，若是像那樣即興演出，整齣戲應該會亂了套。然而搭檔上代豐二郎不慌不忙亦不為難，兩名大師宛如說好了似地合作無間，演到最後。

這是極其難得的。

世人都說，巳之吉會開始鑽研技藝，是因為父親上代之死，但其實並不是。巳之吉說，若有什麼契機，那應該是因為他看了那天的戲。

「據說過世的上代巳之吉先生對豐吉身為操偶師的資質極為讚賞。大力推薦由豐吉繼承豐二郎之名的，就是上代巳之吉先生。」

「這樣喔？」

阿龍冷漠地說。

「比自己的兒子更欣賞喔？」

「那個時候，現在的巳之吉先生還只是個初出茅廬、乳臭未乾的傻小子。不，當時的他是個好吃懶做的笨東西。」

「咦，是這樣嗎？」

「對。豐吉繼承豐二郎之名後，上代巳之吉先生便宛如就此安心似地，選擇了自盡。所以原本好吃懶做的巳之吉先生開始發奮圖強。」

「把無處發洩的憤懣投注在精進技藝上嗎？」

「是啊。巳之吉先生痛下決心，終於將技藝磨鍊到贏得大師美譽，也繼承了第二代巳之吉之名——就是這麼回事。噯，以這個意義來說，他父親的期望完全實現了，不過——」

「不過什麼？」

「做為一名操偶師，或許這樣就好了，但站在兒子的立場，又怎麼說呢？終究無法心服啊。」

父親是不是在包庇誰——？

巳之吉如此懷疑。

如果是，又是在包庇誰？

比方說——有時候做父母的會包庇孩子。縱使是天地不容的大罪，也許親子之情有時還是會凌駕其上。

因此——譬如說兒子巳之吉是凶手的話，這也不是無法理解。但父親的親人就只有巳之吉一個，而巳之吉又不是凶手。

那麼，還有誰？

「這時，巳之吉先生——懷疑起二代豐二郎來了。他猜想，父親是否在包庇二代豐二郎的技藝？」

上代多次提到，能繼承豐二郎技藝的，惟有豐吉一人。據說上代巳之吉生前甚至說：

既然豐二郎已死——

他那身技藝無論如何都必須傳承下去才行——

不管那是什麼樣的人——

不管那是什麼樣的人——父親這話，巳之吉一直解讀為是指二代豐二郎的出身。因為他知道二代原本是個貧農。不過再進一步細想——不，想都不必想，他們是藝人，不過就是班戲子，又不是武士，身分高低根本無關。不，技藝原本就不講身分高下。既然如此——

「沒有任何證據。但豐二郎一繼承二代，上代便放下一切似地自我了斷，令巳之吉先生不由得心生懷疑。但又不能直接去問本人，即便問了，也不可能得到回答。」

「所以才會來相求啊？可是，若是這麼一回事，這樣的結果又怎麼說呢？豐二郎是自白了，但他沒有自首，也沒有人報官，世人也不知道真相——」

上代的冤屈，不是半點都沒有洗刷嗎？阿龍說。

「洗刷啦。」

「才沒有呢。」

「洗刷了。在巳之吉先生的心中。這一點很重要。他並不是想要為父報仇。大概——只是想要知道真相。」

豐二郎告白了一切，但巳之吉什麼也沒做。

得知真相後，他似乎就滿足了。

原本就是這樣的委託。

「噯，即令如今再將真相昭告天下，也毫無益處，只會壞了劇團的名聲，不，只會讓偶戲的觀眾減少。再說，他也覺得必須保護父親捨命守住的二代豐二郎的技藝吧。」

「可是他不是不幹了嗎？」

「那是豐二郎——不，末吉對自己的了斷。他在某些地方走岔了路，卻全然沒發現自己誤入歧途。他殺了救他一命的大恩人，卻半丁點兒也不感到內疚。不過，現在他發現了。」

「既然為自己的罪行懺悔，怎麼不去自首呢？」

「所以說，要是自首，豈不是會讓一切公諸於世嗎？就算豐二郎本人願意接受制裁，周圍的人也要跟著遭殃。這會讓人形淨瑠璃的聲名掃地。況且這樣做不僅違反了過世的上代巳之吉的遺願，也會讓他殺害的上代豐二郎痛心。即使把真相攤在陽光下，對任何人都沒有好處。但也無法像先前那樣繼續過下去。畢竟他已經醒悟到自己的罪業有多重、多深了。」

所以歸咎於人偶就好了，林藏說。

「說是這麼說，可是阿林，他說他太怕人偶了，再也沒法操偶——這樣一說，人偶相爭的傳聞豈不是要變成真的了嗎？再也沒有人敢靠近夜晚的後台了。」

拿來防宵小正好不是嗎？林藏說。

「不過，那個一文字屋的客人真是太了不得了。那樣的偶頭，而且是有機關的精巧偶頭，居然一天就可以做出來。那個大叔究竟是何方神聖呀？」

是個大壞蛋，林藏答道。
「噯，說穿了沒什麼——那顆頭是真貨啦。」
「真貨——？」
「裂開的那顆才是假貨。不管做得再怎麼像，物主一拿起來，立刻就要穿幫。不過只要裂成兩半，拿起來感覺本來就會不一樣，重量也不同，唬得過去。是事先做了顆一模一樣的頭，然後把它劈開的。」
這根本騙人嘛！阿龍睜圓了眼睛。
「這是為了調查偶頭而演出的一齣戲。不先準備個替代品，哪有辦法借用一整天？因為無法做出一模一樣的頭，所以做了顆裂開的頂替。然後，小右衛門先生發現了偶頭臉上的舊傷，便做了個機關，讓那舊傷流出鮮血。」
畢竟，只有人偶看見了。
看見八年前的慘劇現場。
「那個豐三郎——不，末吉，或許不是個操偶師。也許他是被人偶給操縱了。人偶是物，物沒有心。被沒有心的物給使役，人就會瘋狂。他被人偶魅惑、憑附，然後悖離了人道。雖然不知道他是在哪兒走偏的，但現在他明白了人偶的可怕，總算擺脫了邪魅——」
末吉，終於能夠變成人了，林藏想。

【主要參考文獻】

絵本百物語　桃山人　金花堂／一八四一年
旅と伝説　岩崎美術社／一九七六～一九七八年
日本庶民生活史料集成　三一書房／一九六八～一九八四年
叢書江戸文庫　高田衛・原道生責任編輯　国書刊行会／一九八七～二〇〇二年
燕石十種　岩本活東子編　森銑三・野間光辰・朝倉治彦監修　中央公論社／一九八〇～一九八二年
未刊随筆百種　三田村鳶魚編　中央公論社／一九七六～一九七八年
日本随筆大成　日本随筆大成編輯部編　吉川弘文館／一九七五～一九七九年
耳嚢　根岸鎮衛著・長谷川強校注　岩波文庫／一九九一年
国史大辞典　国史大辞典編集委員会編　吉川弘文館／一九七九～一九九七年
新日本古典文学大系　岩波書店／一九八九～二〇〇三年
新潮日本古典集成　新潮社／一九七六～一九八八年
浄瑠璃作品要説（一～八）　国立劇場芸能調査室／一九八一～一九九九年
桃山人夜話　絵本百物語　竹原春泉　角川文庫／二〇〇六年

國家圖書館出版品預行編目資料

西巷說百物語 / 京極夏彥作 ; 王華懋譯 . -- 初版 .
-- 臺北市 : 臺灣角川 , 2018.12
冊 ; 公分 . -- (文學放映所 ; 88-89)

譯自 : 西巷説百物語
ISBN 978-986-473-853-3(上冊 : 平裝). --
ISBN 978-986-473-854-0(下冊 : 平裝)

861.57 106012297

西巷說百物語〈上〉

原著名＊西巷説百物語

作　　者＊京極夏彥
譯　　者＊王華懋

2018 年 12 月 24 日　初版第 1 刷發行

發 行 人＊岩崎剛人
總 經 理＊楊淑媄
資深總監＊許嘉鴻
總 編 輯＊呂慧君
主　　編＊李維莉
設計指導＊陳晞叡
印　　務＊李明修（主任）、黎宇凡、潘尚琪

台灣角川

發 行 所＊台灣角川股份有限公司
地　　址＊105 台北市光復北路 11 巷 44 號 5 樓
電　　話＊（02）2747-2433
傳　　真＊（02）2747-2558
網　　址＊http://www.kadokawa.com.tw
劃撥帳戶＊台灣角川股份有限公司
劃撥帳號＊ 19487412
法律顧問＊有澤法律事務所
製　　版＊尚騰印刷事業有限公司
I S B N＊978-986-473-853-3

香港代理＊香港角川有限公司
地　　址＊香港新界葵涌興芳路 223 號新都會廣場第 2 座 17 樓 1701-02A 室
電　　話＊（852）3653-2888